幕《ばく》末《まつ》の隻《せき》腕《わん》軍《ぐん》神《しん》

伊《い》庭《ば》八《はち》郎《ろう》

大塚真櫻
Mao Otsuka

文芸社

もくじ

第一章

第二章

第三章

第四章

第五章

第一章

練武館の麒麟児

弘化元年（一八四四年）。

心形刀流《しんけいとうりゅう》の宗家に生まれた伊庭八郎《いばはちろう》は、何事もなければ伊庭道場の九代目当主を継ぐはずであった。しかし八郎が二歳の時に、父の伊庭軍兵衛秀業《いばぐんべえひでなり》が突如隠居をしてしまったので、道場の跡目は高弟である垪和惣太郎《はがそうたろう》が継いだ。

筆頭老中の水野忠邦《みずのただくに》によって、御家人から二百俵扶持《ふち》の与力に取り立てられていた秀業は、水野が改革に失敗して職を退かされたことに大きな衝撃を受けた。

秀業は、恩人である水野の失脚とともに、自らも潔く職を辞することにした。しかし、そう覚悟を決めた一方で、その影響が道場にまで波及することを非常に恐れた。そのため、表舞台の一切から、すっぱりと身を引く道を選んだのである。

そのせいで八郎は、九代目宗家、伊庭秀俊《ひでとし》と名を改めた惣太郎の養子になった。

もちろん、そんな複雑な経緯は、幼い八郎のあずかり知らないところであった。

伊庭道場は御徒町にあり、「練武館」という名称で親しまれていた。

北辰一刀流《ほくしんいっとうりゅう》（玄武館）、神道無念流《しんとうむねんりゅう》（練兵館）、鏡心明知流《きょうしんめいちりゅう》（士学館）などと並ぶ江戸の有名道場である。

練武館では、二刀流、抜き合い術、枕刀、手裏剣、薙刀などさまざまな武術を教えている。門人の数は千人を超える大所帯である。それは、世に数多《あまた》存在する道場の中でも瞠目に足るものがあった。

八郎は、その中で筆頭に名を挙げられる腕前である。

それも、抜きん出て強かった。

付いた綽名が「伊庭の小天狗《こてんぐ》」であり「麒麟児《きりんじ》」である。

見た目には華奢な体軀の、色白な美少年であった。それがひとたび剣を持つと、別人のように大きく見えた。

しかし、八郎も生まれつき剣が強かったわけではない。日々の修行と、たゆまぬ努力で身に付けた賜物なのである。

幼少時は持病の喘息のために運動を制限されていて、静かに部屋に籠って書物に親しむことを余儀なくされていた。ほとんど家から出ないような日々を過ごしていたものだ。

だが、そんな生活の中で、宮本武蔵の書画や著書の「五輪書」と出合った。八郎の心が震えた。八郎の中に眠っていた剣士の血が目覚めたのだ。

それからの八郎は、自宅の道場に出て、一心不乱に剣術修行に励むようになった。そのお陰か、喘息はいつしか鳴りを潜め、風邪一つひかない頑丈な身体に変わった。

まだ弱冠二十歳そこそこの若者であったが、「伊庭八郎」の勇名は、すでに江戸中に轟いていた。

他流試合を禁止している道場から、道場破りの立ち会い相手として、応援を求める声がひっきりなしにかかり、忙しくあちこちに駆り出されていた。

応援要請があると、八郎は喜んで駆けつけて行った。

先日も、小石川にある天然理心流の道場「試衛館」に応援に行った。宗家の近藤周助《こんどうしゅうすけ》に謝礼として蕎麦をご馳走になってきた。中には、物品や金子を差し出す道場もある。

応援を求めてくるのは、その道場が弱いからというわけではない。他流試合を行なわない主義の道場は多い。技の出し惜しみをするわけではなく、自派の流儀を純粋に守るためだ。だから応援を呼ぶのは卑怯なことではない。

もちろん、そのあたりのことは道場破りたちも心得ている。彼らは、道場破りとは言っても、おどろおどろしいのは名ばかりで、本当にその道場を潰しに来るわけではないからだ。

彼らは単に、自分の腕を試すために他流道場を訪れるのだ。だから、それなりに腕の立つ遣い手に相手をしてもらえれば、それで気が済む。暗黙の、両者納得ずくのことであった。

眉目秀麗な八郎は、町を歩くと振り返る女が後を絶たない。そして、試衛館にも同じような色男が一人いた。土方歳三《ひじかたとしぞう》といって、彼が稽古に出ると、道場の窓に、近隣の女たちが鈴なりになるという。

いつも土方が練武館に助人を頼みにやって来る。そして、八郎と一緒に、謝礼の蕎麦の相伴に与るような、ちゃっかりした抜け目のない男である。

役者のような顔をした、八郎より九歳年上の土方は、やけに腰が低かった。それは、以前に薬の行商をしていた名残である。練武館にも薬箱を背負ってたびたびやって来ていたから、八郎には子どもの頃からの顔馴染みであった。

それが、いつの間にか薬の行商を辞めて、試衛館の塾頭のようなことをするようになっていた。若宗家の近藤勇《こんどういさみ》とは、義兄弟の杯を交わした仲だそうだ。

「八郎くん。どうだい。これから一緒に町へ繰り出さないか」

土方は、いつも気安く八郎に声をかけてくる。剣では、麒麟児と恐れられている八郎も、道場を一歩出れば、ただの世間知らずな若者の一人に過ぎない。だから、土方は人生の先輩として、八郎にいろいろなことを教えてくれる。

酒の味も女も、八郎は、この土方に教えてもらった。

美男二人で町に繰り出すと、あちこちから女たちの溜め息が聞こえてくる。

土方は、剣の腕はさして強くはないが、妙な力技を使う。薬の行商をしながら、あちこちの道場に出入りして如才なく教えを請い、鍛えた凄腕を持っていた。

二刀を使えば、抜き合いも使う。上段の構えも、正眼も、天然理心流にはないはずの下段の構えも自由自在だ。しかし、いずれも喧嘩剣法で、全てが我流の域を出なかった。だがそれゆえ、怖いもの知らずのしたたかな一面を持つ。癖は強いが、実戦になれば敵にしたくない相手だと八郎でさえ思うような無茶な剣を振るった。

正当に腕っ節の強いところでは、試衛館には八郎と同年の沖田総司《おきたそうじ》という男がいた。

これが色黒の不細工な大男で、小柄で華奢だが色白で美男の八郎とはまるで正反対である。確かに沖田の腕は相当よかったが、八郎とは反りが合わなかった。

それに、沖田は、赤ん坊の頃から面倒を見てもらってきたという土方のことを、実の兄貴のように慕っていて、八郎に土方を取られるように思うのか、八郎の顔を見ると対抗意識をむき出しにして喧嘩腰でつっかかってくる。

普段は面白く温厚な男だそうだが、八郎に対してだけは別人格を見せた。それだから八郎の方も、わざわざ彼のご機嫌を取ってやってまで、親しくなりたいとはさらさら思わなかった。

そんなわけで、試衛館に呼ばれると、自然と土方が八郎を持て成す役目になっていたのである。

「うちの若先生が、近く、講武所の教授方に、お決まりになられるそうだ」

土方は、一歳しか年の違わない近藤勇に対して、いつもたいそうな敬語を使う。

「へえ。それは凄いことじゃないか」

八郎は、土方に敬語を使わない。世の中、年齢ではなく、生まれ持った身分の上下が全てだ。だから、練武館を継いでいる秀俊も八郎には敬語を使っていた。

「幕府の吟味方からは、ほぼ選出確定だと太鼓判を押されたそうだ。さすがは若先生だ。頼もしい限りだよ」

大の男が、手放しの喜びようだ。

「ふうん。そいつはよかったな。ずいぶんめでたい話じゃないか。講武所に入り込めれば、小さな町道場も将来安泰だからな。もう、食いっぱぐれる心配は要らない」

他の者が言った言葉なら「無礼だ」と噛み付いたろうが、土方は、八郎には何を言われても腹を立てなかった。辰年生まれの毒舌ぶりには、日頃から沖田で慣れていたからだ。

「ああ、安泰だ。うちは、八郎くんのところとは違って、貧乏所帯だからな」

「そんなでもないが。まあ、近藤さんは出世志向の強い人だから、正式にそうと決まれば、さぞかし鼻が高くなるだろうな」

他人事のように八郎は言った。

「えっ、じゃあ、八郎くんは、応募しなかったのか」

土方は、てっきり八郎も教授方に名乗りを上げたと思い込んでいたらしい。

「俺は、……そういうのは、いいや。面倒臭い」

八郎は、少し口を尖らせた。実は、秀俊から一緒に吟味を受けようと誘われたのだ。断った理由の中には、確かに秀俊への遠慮があった。しかし、まだ縛られたくないという思いもあった。八郎は、若いのだ。

「そうか、そうか。練武館の小童《こわっぱ》天狗どのは、まだまだこの俺様と遊んでいたいのか」

土方は、頭のよい男だ。そして、苦労人である。八郎の気持ちを察して、無理にそれ以上は話を掘り下げなかった。

「ああ、そうさ。土方さんと一緒に遊んでいたいのだ」

救われたように八郎は笑った。

本当は、秀俊に気兼ねをして応じなかった。秀俊が、八郎に対して必要以上に気を遣って暮らしているのがありありと見て取れるからだ。しかし大勢いる門弟の手前も、それではいけないと思っている。

父は秀俊に身代を譲った。当時、たった二歳の八郎に、千人を超える門弟のいる道場の跡目を継ぐことなど不可能なことであった。秀俊は、八郎が一人前になったら譲られた身代を返すつもりでいるのかもしれないが、八郎に返してもらう気などなかった。

秀俊は、父が見込んだ男である。もっと胸を張って堂々としていればよいと、八郎は思っている。

そんな微妙な八郎の心の機微をすっかり見透かしていながら、土方がそれをおくびにも出さない心遣いが嬉しかった。

八郎も土方にだけは、どんなに子ども扱いされても腹が立たなかった。確かに年は離れているが、色男同士、非常に気が合った。それに、普段は八郎を小童呼ばわりするくせに、いったん道場に入れば「先生」「先生」と頭を下げて、一心に剣術を習おうとする殊勝なところがある。

実際、土方が振るう二刀流や抜き合い術は、八郎が教えてやったものだ。しかし土方が、そうまでして他人より強くなろうとするのは近藤勇のためなのだ。自分の出世のためではなかった。だから、近藤が講武所の教授方に選ばれれば、土方は自分のことのように喜ぶのだろうと八郎は思った。


しばらくして、練武館に講武所から正式な要請が来た。伊庭秀俊と従兄弟の三橋虎蔵《みつはしとらぞう》が揃って教授方に選ばれた。

だが、近藤勇は選ばれなかったようだ。

「結局のところ、最後には身分が物を言ったようだな。どうせ、しがない町道場主では、始めから到底太刀打ちなどできやしなかったのだ。しかし、選出のお役人たちも、ずいぶんなことだ。さんざん人に気を持たせておきながら、何ともつれない話じゃないか」

後日、近藤自身が八郎にこぼした。

そして近藤は、その悔しさからか、このたび新たに募集された将軍上洛の警護役に、試衛館の主だった腕利き総出で応募したのだと言った。

将軍警護

将軍が上洛することになった原因は、帝に攘夷の決行を催促されたためだ。

嘉永六年（一八五三年）。

浦賀沖に現れたペリー提督率いる四隻からなる東インド艦隊が、アメリカのフィルモア大統領の親書を手に、幕府に対して強行に開国を迫った。

八郎は、まだ九歳であった。それでも、あの騒動のことは、今でも鮮明に覚えている。江戸湾岸の周辺一帯に、警備と物見の、黒山の人だかりができた。まるで、国を挙げての大きな祭りのような光景でもあった。

遥か沖合に見えた黒い艦隊に恐怖を抱いたことも、つい昨日のことのように思い出せる。艦隊の砲台は、江戸城に照準をピタリと合わせ、幕府の返答を待った。返答次第では、江戸城を木っ端微塵に吹き飛ばすつもりでいたようだ。

幕府は、ペリーとの必死の交渉の末に、どうにか一年間の猶予を取り付け、大統領からの親書に対する返答への時間稼ぎをした。しかし、所詮は一時しのぎでしかない。

一年という月日は無情に流れた。幕府はその間、血眼になって幕臣や諸藩の大名や藩士、果ては庶民にいたるまで広く意見書を求めたが、前向きな知恵は一つも出てこなかった。

一年後、約束通りに再来航した東インド艦隊の有無を言わせぬ強硬な態度に負けて、幕府は、とうとうアメリカ大統領の要求を受け入れて開国してしまったのである。その時に結ばれた条約は、アメリカ側に有利な条件ばかりが並んだ不平等なものであった。

京の朝廷に承諾なしの開国決定と、無断で取り交わされた条約を巡って、朝廷が幕府に強い不快感を示した。

そもそも征夷大将軍とは、幕府を主宰し、兵権と政権を掌握した者の職名であって、日本の国主ではない。アメリカの大統領に位置するのは帝だ。それに、幕府には外交権がないはずだ。勅許を得ずに条約を結ぶなどもっての外だと大騒ぎになっていた。

「たかだか二百年程度しか続いておらぬ武家風情が、恐れ多くも帝を差し置いて外交にしゃしゃり出てくるなど、とても見過ごせることではないわ」

公家たちは口々に言い立てた。

幕府側にすれば、将軍が国家を治めているお陰で、帝や公家たちが京の都で安穏と優雅に暮らしておられるのだと思っている。むしろ、進んで諸外国の矢面に立った幕府のことを褒めてもらってもよいくらいに考えていた。

しかし幕府の処置に対抗するように、京の都は、攘夷一色に染まってしまっていた。

帝を始め、公家や朝廷警護に当たっている諸大名、藩士などはもとより、庶民や不逞浪士までもが攘夷を叫んで憚らない有り様であった。

「異人は、有無を言わせず打ち払うもの」

「そうだ、殺してしまえ」

幕府が受け入れてしまった、開国や条約などはとんでもない愚行だと言い切った。彼らの頭の中には、異人を排除する思想しかなかった。即ち、異国との戦争である。

朝廷は、一刻も早く、攘夷の策と攘夷を決行する期日とを決定するよう幕府に迫った。帝は、すでに別雷《わけいかづち》神社（上賀茂神社）に仰々しく参り、攘夷祈願を果たしている。その上で、岩清水八幡宮で将軍に攘夷の節刀を授けると意気込んでいる。

帝より節刀を授かるということは、帝御自らの命令を代行する使命を受けるということだ。何人たりともそれに背くことはできない。そして、受けた者は速やかにそれを実行し、帝に節刀を返さなければならないのだ。

やむなく幕府は、将軍の上洛を決めた。朝廷に上洛決定を通知し、諸大名にもその旨の通達を出した。

しかし、幕府は異国との戦争など論外だと思っていた。唯一の交易国であるオランダからもたらされた情報によると、同じ鎖国政策を敷いていた隣国の清が、開国に失敗したために諸外国からの攻撃を受け、あっと言う間に植民地にされて、諸外国の所領地として分割されてしまったのだという。大国の清が力及ばなかった諸外国に、日本など、あっさりと捻り潰されてしまうに違いないという危惧を抱いていたからだ。

幕府は、清国と同じ轍は踏むまいと肝に銘じていた。ただ、どうすればその道を逃れられるか、よい策が見つかっていなかった。

だが、朝廷は攘夷一本やり。

将軍が上洛すると伝えた途端、今度は、いつ上洛してくるのかと矢継ぎ早の催促である。その上、幕府からの返答を待ち切れずに、武家伝奏《ぶけでんそう》を東下させてきた。

将軍が上洛するのは、寛永十一年（一六三四年）の三代将軍徳川家光《とくがわいえみつ》以来のことになる。三代目といえば、幕府が権勢を誇り、諸大名を従えて、将軍が威風堂々と君臨していた頃のことだ。

朝廷が授けると言ってきた太政大臣の位を、則闕《そっけつ》の官などいらぬと断りに出向いた家光は、生まれながらの将軍と自称する気の強さで堂々と帝と渡り合った逸話を残す。

国家の実権は今も将軍にある。だが、武家伝奏は至極横柄な態度で将軍の上洛を求めてきた。先の家光なら、歯牙にもかけずに一蹴《いっしゅう》していたかもしれない。

しかし今の幕府は、朝廷に命じられれば出向かざるを得ない状態に成り下がっていた。開国を機に、諸外国からひっきりなしに繰り出されてくるさまざまな圧力と、国内の混乱を抑えるためには、将軍自らが動いてでも身を躱《かわ》さなければならなかったのである。

家光は、大名など三十万人以上もの供を引き連れて、豪勢な上洛を果たした。気に入ることがあれば、各所で金銀を存分にばら撒き、この世は将軍の天下であることを示した。

だが、今の幕府には上洛時の路銀さえ怪しいようだ。鎖国政策のために収入が乏しく、蓄えを取り崩している一方の財政蔵には、隙間ばかりが広がり続けていたからだ。上洛する供の人数も、三十万人には程遠い三千人である。

そこで幕府も、窮地の策を考え出した。警備に、なるべくお金をかけない方法を編み出したのである。

幕府は、開国時の混乱や、その後の安政年間に多発した震災などの、度重なる情勢不安の煽りを受けて、巷に溢れ始めた浪人たちを駆り出して使おうと考えた。そうすれば、同時に胡乱《うろん》な人間たちを取り締まれることにもなり好都合だと踏んだ。

それに、本来ならば生涯近寄ることすらできない将軍様の警護役だ。たとえ薄謝でも人は喜んで集まってくるだろうと思えた。そんな下心つきの思惑で募集された警護であった。

そういうからくりを知らなくとも、八郎にはうまい話だとは思えなかった。

何となく胡散臭い。

だが、近藤勇はやる気満々でいる。その様子を見て土方歳三も、近藤の野心のために一肌脱いでやる気になったのだろう。それも、試衛館の結束で近藤を盛り立てれば、幕府閣僚の目にも留まりやすいと画策したのだ。

「土方さんらしい抜け目のなさだ」と八郎は思った。

数日後、その警護希望者の集まりがあったという。

幕府は、五十人ほども集まればよい方だと思っていたようだが、予想以上の反響があったそうだ。集合場所になっていた伝通院《でんづういん》の子院である処静院《しょじょういん》の大信寮には、収まり切れない人数の志願者が溢れたという。

幕府の目論みは大成功であったわけだ。しかし、幕府が募集していた数は五十人程度。それぞれに二人扶持十両を与える予定であった。

ところが、募集人員に対して応募数が遥かに凌ぎ、用意していた謝礼予算内では収まり切らない状態になってしまった。

とはいえ、せっかく集まってきた浪人たちを、再び野放しにすることなどできるはずもない。将軍の警護を目的としているのかどうか怪しいような、ただ食い扶持を得たいと考えているだけのような胡散者までが混じっている。

今ここで、それらを除外してしまうと、江戸の治安はますます悪化して、世上はいっそう混乱するだろうことは明白だ。

幕府は、やむなく集った者たちのほとんどを将軍の警護に当たらせることに決定した。

将軍の警護といっても、上様のお傍近くを警護するのは、選りすぐった直参《じきさん》の幕臣たちである。つまり、彼らは、警護要員の人数の嵩《かさ》増しに過ぎない。だから、遠巻きに将軍の警護をするだけだ。お目見えすることさえ予定にはなかった。

ただそれでも、出世したいと願う野心を持つ者たちには、垂涎《すいぜん》の機会である。いつ何が起こって、どんな具合に取り立ての栄誉に浴せるか知れやしないからだ。

幸運は、どこに転がっているか誰にも分からない。

汚い石だと思って拾った物が、洗って磨いてみれば金塊であったりする。

彼らが金塊ではないとは、誰にも言い切れないのだ。

みながそういう具合に考えたかどうかは分からないが、謝礼が十両のみと発表されても警護志願者は減らなかったという。

「当分、お互いに美男の顔が見られなくなって残念だ」

将軍の警護のために京に行くことになった土方歳三は、そう言って、八郎と出立前の杯を交わした。土方は、親戚に祝いに貰ったという刀を大事そうに腰に差している。将軍の御前に出る時のために、入ったばかりの前金の五両を使って、みなで一張羅も用意したそうだ。

「また、すぐに会えるさ。京での警護が済んだら、じきに江戸へ戻ってくるのだろう」

八郎は、わざと素っ気なく言った。いつになく舞い上がっている土方の様子が気に入らなかったからだ。

「ああ。近藤先生が上様に認められるようなことがあれば話は別だが。まあ、じきに帰ってくることになるだろうさ。戻ったら、また会おう」

土方が、そうなってくれればよいと願っているのが、言葉の端々にあからさまに感じられた。

「土方さんのことだから、京女に見初められて、戻ってこられなくなったりしてな」

「ははは。……かもな。だが、俺には、もう心に決めた女がいる。必ず江戸に戻ってくるさ」

先頃、土方は見合いをしたのだという。親戚の顔を立てて、義理でした見合いだったらしいが、意外なことに見合い相手が、色男で鳴らした男の壺にすっぽりと嵌まってしまったようだ。どうも、理想の女であったらしい。

そこで土方は、とうとう遊び人の矛を収める決心をし、生活の目処が立ち次第、身を固めることにしたそうだ。

八郎は、是非ともその女の顔が見てみたいと思った。土方があっさりと落ちるくらいなのだから相当の美女なのだろう。

しかし、それが羨ましいからではない。それを、からかいの種にしてやろうというくらいの軽い気持ちからだ。八郎自身、まだ身を固める気はない。好きな女はいるが相手は玄人であった。だから、それだけだ。

だが、年貢の納め時という言葉がある。

俺も、いつまでも「小天狗」のままではいられない。

八郎は、自分もこのまま道場にしがみついているわけにはいかないなと思った。

土方たちは、浪士組という名前を頂戴した。そして浪士組二百三十四人は、京へ向けて出立していった。

八郎は、土方たちが京へ発った後も、たびたび、試衛館の助人を引き受けることはあったが、蕎麦をご馳走になっても少しも美味しく感じられなくなった。

山岡鉄太郎

北辰一刀流の玄武館に山岡鉄太郎《やなおかてつたろう》という男がいた。山岡の鉄砲突きと呼ばれる強力な突き技を放つ。講武所の教授方の一人であったが、ひょんな経緯から八郎と試合をすることになった。

たまたま、上覧試合の稽古相手に欠員が出たとかで、従兄弟の三橋虎蔵に頼まれて講武所の道場に応援に来ていた。

「おい。そこの若者よ。一手揉んでやろうか」

突然、山岡に声をかけられた。八郎は戸惑ったが、従兄弟が行けと言うので応じてしまった。

「伊庭の麒麟児だな。年下だからといって手加減はせぬぞ」

身分も年も八郎より上の山岡は、剣の腕も自分の方が上だと言わんばかりの顔つきで向かい合った。誰一人適わないという腕前に鼻高々になっているようだ。

八郎は、別に、その鼻をへし折ってやろうとは思わない。八歳も年上の上役に、恥をかかせても仕方がないのだ。しかし、それが玄武館と練武館の、それぞれの道場の看板を賭けた試合となれば、こちらもやすやすと負けてやるわけにはいかなかった。

八郎が立ち会った瞬間、周囲が勝手にそういう意味合いを持った眼差しに変わってしまっていた。

「若者よ。一手揉んでやろう」

山岡は、軽い気持ちで八郎に声をかけたのだろう。いや、練武館の生え抜きだからこそ、衆人の前で打ち据えてやりたいと思ったのか。

どちらにしても周囲を巻き込んでの騒動になりつつあった。みな自分の稽古の手を止めて、この勝負に興味津津でいる。

「まったく。これだから、宗家の血筋は気が抜けないのだ」

八郎は、自らの境遇を恨めしく思った。しかし、それならなおのこと、山岡を公衆の面前で叩きのめすわけにはいかなくなった。

だから、勝たないが負けない方法をとろうと思った。

八郎は、山岡と対峙する。

鉄の壁さえ突き破ると恐れられている山岡の剣先には噂通りの凄みがあったが、八郎は恐怖にも感じていなかった。

「とぉー」

鋭い叫びとともに山岡の剣が繰り出された。

勢いのある剣だ。

それを三度、八郎は素早い身のこなしで躱した。それは、八郎にとっては造作もないことであった。その素早い剣の動きが、八郎にははっきりと見えているのだ。

だから、余裕で躱した。

しかし、さすがに山岡はそれで理性を失った。

逆上した山岡は、稽古という枠を外れた。真剣さながらに殺気立った構えになった。

八郎が「しまったな。これは、あっさりと打ち据えられてやった方がよかったかな」と思った時は遅かった。

「おのれ、小童《こわっぱ》」

頭に血を上らせた山岡が、力任せに技を繰り出してきた。手加減などない。本気の一手だ。

もう、大人気ないなどと恥じらっている場合ではなかったのだろう。山岡は、すっかり見境をなくしていた。

その殺気立った剣先を、八郎は間一髪で躱した。

八郎の身体を擦り抜けた山岡の木刀が、道場の羽目板をぐさりと突き破った。周囲は騒然としたが、深々と壁に刺さっている木刀を見ても、八郎は顔色一つ変えなかった。

むしろ、冷や汗をかいていたのは山岡の方だった。

壁に突き刺さった自分の木刀を見て正気に戻っていた。

我に返った山岡は、慌てたように八郎を見た。

「やっちまった」という後悔の顔をしている。

八郎は、そんな山岡に、ニッコリと微笑んでみせた。それが、ひどく優雅な佇まいであったので、周囲からドッと賞賛の歓声が湧き起こった。

「伊庭、大丈夫か。こんなものをまともに食らっていたら、お前、命がなかったぞ」

見学に付いて来ていた親友の本山小太郎《もとやまこたろう》が駆け寄って来て、八郎に抱きついた。八郎の代わりに、彼の方が蒼ざめている。八郎は、それにも爽やかな笑顔を返した。

「天晴れ。さすがに麒麟児だ」

山岡は感嘆の声を洩らした。そして、道場に響き渡るような大声で八郎を褒め称えた。それは、彼なりの照れ隠しであったのかもしれない。内心では、八郎の肝の太さに舌を巻いていたからだ。

しかし、八郎に打ちのめされたわけではない。山岡の面目は十分立ったのだ。恐らくそのことにも感嘆の思いを隠せなかったのだろう。

その山岡も、将軍警護に集った浪士組を率いる元締めとして京へ行ってしまった。

将軍上洛

それからちょうど一年後の、文久三年（一八六三年）二月十三日。

いよいよ将軍自身が京に向けて出立する時がきた。

講武所剣術教授方を務めている養父の伊庭秀俊が、奥詰として将軍上洛の供をすることに決まった。秀俊は八郎にも同行するよう勧めたので、八郎も親友の本山小太郎を誘って俄かに随行することになった。

先の浪士組とは違って、こちらは将軍を直接警護する立場にある。当然、将軍とともに上洛するのだ。京での滞在予定は十日間であった。慌ただしい在京になる。

京にいる日数より、道中の日数の方が遥かに長いのだ。

「土方さんに会えるかな」

ふと、そんなことを思った。

若い八郎にとって、京への旅は、将軍警護より物見遊山の心情の方が強かった。

もともと、出世欲も虚栄心も他人より薄い男なのである。

嫡男でありながら、他家の養子となり、次男坊のようなお気楽な身分になった。お気楽だが、将来の保障はないに等しい。

秀俊や周囲の気持ちはともかく、八郎自身は、跡目を継ぐべき家がないのだから、ゆくゆくはどこかへ婿に入ることになるのだと思っている。要するに、いてもいなくても、誰も困らないということだ。そう思ってから、八郎は齷齪《あくせく》しないことにした。だから自分の行く末を自分で決めてよい代わりに、どこでのたれ死んでも構わないという身分を、それなら存分に楽しんで生きてやろうじゃないかと思っていた。

そう開き直ると、気持ちは楽になった。しかし、気儘でよいということは、どうにも不自由なことでもあった。家にとってどうでもよい存在だからといって、家名に傷がつくような破天荒な振る舞いはできない。先の山岡鉄太郎との剣術試合の一件もそうだ。見えない規制に縛られて、案外自在には身動きが取れないものなのだ。

しかし八郎は、自分の境遇に不平不満を洩らしたこともなかった。運命に抗わず、成り行きを素直に受け入れ、割り切って生きていたからだ。

とにかく今は、どうせ行くからには、京の都を思いっきり楽しんでやろうと思っている。一生に一度のお伊勢参りではないが、京への長旅などしたくてもそうそうできるものではない。まして、京の都は誰にとっても憧れであった。

上洛の道中をともにする仲間には、顔見知りが多かった。

上様の警備をすると言っても、八郎は随行組なのだ。よほどの事件でも起きない限り出番はない。

暢気な旅である。

それに、京には知り合いがいる。

近藤勇や土方歳三ら試衛館の面々は、みな京に落ち着いていた。

件の浪士組は、京に着いてすぐに、先頃赤羽橋で暗殺された清川八郎《きよかわはちろう》に扇動されて、将軍警護の志を朝廷守護とかいうわけの分からない理屈に擦り変えて江戸に戻ってきていた。

だが、近藤たちは、将軍の警護に来たのだからという初心を貫き通して京に残っていた。

今は、その甲斐あって、京都守護職をしている会津藩御預かりという身分を得て、京の町の治安を守っているのだ。

近藤たちが、誇らしげに肩で風を切って、京の町中を歩いている姿が目に浮かぶようだ。

「いや、是非とも会いに行こう」と八郎は思った。

会って、一言二言、いや三言ほど、土方を冷やかしてやらねば気が済まない。そんなことを、想像するだけでも楽しかった。


京への旅は、思いの外大変なものがあった。

大名の参勤交代ではない。一国家の長たる将軍様が動くのだ。行列の者たちも、通過される宿場や村々も、言葉に言い表せないほどの緊張が走る。

東海道をひたすら京に向けて上り、大津まで辿り着いてようやく一息つけた。もう京は目の前だ。気が緩んだ。

「非番の日は、京の名所巡りをしてもよいそうだ」

親友の本山小太郎が嬉しそうに言った。ともに、学問や剣術に励んできた幼馴染である。穏やかな男で人柄がよく、信用できる。才覚や剣の腕は、取り立てて目立つ存在ではなかったが、小さなことに拘らない心の広さを持っている。付き合っていて気持ちのよい男だ。八郎は、万民に誇れる友だと思っている。

「そうだな。短い日程だが、この際だ。行ける限り、京の名所と呼ばれる場所を片端から全部回ってやろうじゃないか。ついでに旨《うま》い物もたらふくといこうじゃないか」

「それはいいが、路銀は足りるかな」

本山が心配そうに聞く。

「過分な手当てが出るそうだから大丈夫だ。それに、京には知り合いがいるのだ。俺に、負けず劣らずの色男の知り合いだ。きっと、面白いところへ連れて行ってくれるぞ。それに、こういう時は、本山、楽しんだ者が勝ちだ」

「なるほど」

薄謝しか掴まされなかった浪士組とは待遇が違う。八郎たち幕臣には、幕府の財政難とはいえ、路銀は湯水のごとく用意されていた。京でさぞ豪遊できるだろうと期待が膨らんだ。

三月四日、将軍一行は京に入った。

海ほど大きい琵琶湖の景色を堪能してから着いた京は、江戸とは趣がかなり違っていた。人情の厚い江戸っ子気質に慣れているせいで、京の人間たちは素っ気なく冷たく思えて仕方がなかった。

噂に高い島原も、最悪の印象であった。

狭く、辛気臭いばかりか、東男はガサツだと言わんばかりに遊女が初めからツンと取り澄ましている。料亭にしても、気安くは入れなかった。

「一見《いちげん》さんお断りだって。ずいぶん、お高くとまりやがって。ただの飯屋じゃないか。いったい全体、何様のつもりだよ」

本山がむくれた。

「まあまあ、さすがに天上人がおわします京の都ってとこだな。しきたりが厳しいのだ」

八郎は、暢気に本山を宥めながら京の町を歩き回った。

残念だが、土方歳三には会えなかった。

わざわざ彼らの屯所を探して壬生《みぶ》村まで足を運んでみたのだが、例の沖田総司が仏頂面で応対に出てきて「土方副長は、今は留守だ」とつっけんどんに告げた。こちらは江戸にいた頃と全く変わらない無愛想さである。

「それに、我々は公務で物凄く忙しい。暇を持て余している、ご直参がたの、物見遊山のお相手をしている場合ではないのでね。あしからず」

と、終始喧嘩腰の態度を貫かれた。

沖田の対応の悪さに本山が気色ばんだが、八郎は止めた。

「気にするな。あいつは、昔から、ああいう奴なのだ。それに、きっと、我々の待遇をやっかんでいるのだろう」

「ちっ、浪士風情が。威張りやがって」

「まあ、奴は白河藩士だそうだぞ。といっても、家督は義理の兄貴が継いだようだが」

「ちっ、なら、やはり浪人者と何ら変わりがないじゃないか。偉そうな口を利きやがって。何だよ」

本山は、まだ気が治まらない様子で沖田のことをけなした。

「本山。奴のことは気にするな。まあ、今日は当てが外れたが、せっかくの京だ。存分に楽しもうじゃないか」

「伊庭、そいつは駄洒落かい。へたくそだな」

本山は、気を取り直したように笑った。

そうは息巻いてみたが、一見さんお断りの忌々しさと、京女の冷たさが心に引っかかって、来る前の期待も薄れ、さほど面白くなっていた。だが、京の名所はどこもかしこも外れがなく、歴史の重みに相応な趣が滲み出ていて十分すぎるくらいに堪能できた。

二人は、洛南から洛北まで隈なく名所を回り切った。

「犬も歩けば、神社仏閣に当たる。よくもまあ、これだけ一所に集まっているものだ。しかし、どこもかしこも見ごたえ満載だな。京の景色は、どこを切り取っても絵になる。情緒や風情が溢れんばかりだ」

本山は満足そうだが、八郎は心底からは楽しめていなかった。

そもそも、十日で江戸に戻る予定が、一月経ってもいっこうに帰る気配すらない。それに、非番の日が多すぎる。喉に魚の小骨が刺さったようにスッキリしないのだ。

何かが引っかかっていた。それは、遊女の冷たさや京の人情の薄さや沖田の無愛想な対応のせいばかりではなかった。この在京に妙な胸騒ぎがし始めたのだ。

何かがおかしい。

こんなのんびりとした毎日を、のほほんと送っていてよいのかという疑問が湧いていた。

将軍家茂《いえもち》は、上洛を記念して、家光の前例に倣い、京の人々に金銀をばら撒いたそうだ。逼迫しているという幕府の財政にますます拍車をかけるような行為である。呼び出されて上洛したばかりではなく、そうまでして京方のご機嫌を取らねばならない理由が、まず心配であった。

それにこの上洛は、将軍家茂と孝明《こうめい》天皇による攘夷決行策の取り決めのためであると聞かされていた。だが、家茂は体調不良を理由に、帝との面会を先延ばしにばかりしているそうだ。しかし病気なのではない。その証拠に家茂は、大坂へは頻繁に視察に出向いているようなのだ。

沖田の皮肉は、少なからず当たっていた。随行組は確かに暇だった。蚊帳《かや》の外にいたからだ。

そんな折、八郎は食中《しょくあた》りをして寝込んでしまう羽目になった。

「ああ。遊びすぎて、罰が当たった」

下痢、嘔吐を繰り返し、じっとしていることが苦手な性分の八郎も、しぶしぶ宿におとなしく寝転んでいるしかなかった。

道中をともにした仲間たちが、美味しそうな手土産持参で次々と見舞いに来てくれた。

「おい、おい。腹を壊して寝込んでいる奴に、食い物ばかりを差し入れるかなあ。しかし、こうも続けば、好意も嫌がらせに思えてくるぞ」

看病をしてくれていた本山小太郎が苦笑するほど、申し合わせたように、みな食べ物を持って来る。

「食中りは、食って治せってことだろ」

八郎も、腹痛に顔を顰《しか》めながら笑った。

「いやいや。無理はいかんぞ。伊庭、こちらの心配は一切いらぬ。俺が代わりに全部食ってやるからな。任せろ」

到来物を並べながら、本山が嬉しそうに言った。

どこで聞きつけたものか、土方歳三が見舞いにやって来た。顔を合わせるのは一年ぶりなのだが、つい昨日も会っていたような素振りであった。

「よお、伊庭の小天狗先生。赤貝に中ったらしいな。とんだ災難にあったな」

せかせかと上がりこんできて八郎の枕元に座ると、そう言った。

「まあ、骨休めだと思うことにしている。ちょっと、遊びすぎた」

八郎は笑った。

「そうか。水が変われば、気をつけることだ。それに京は盆地だから、特に海の食べ物には気をつけることだ。ところで、もう、あちこち見て回ったのかい。三十三間堂とか、祇園社（八坂神社）とかさ。清水の舞台へは行ったかい」

「ああ、行った、行った。宇治も、東寺も、下鴨、上賀茂、嵐山まで行ったさ」

「そうか。……で、島原はどうだった」

土方がニヤリと笑った。

「そいつが、さっぱりよくなかった。思いの外に貧相だ。それに、京女とはどうも相性が悪い」

「そりゃあ、吉原のようにはいかないだろうさ。そうか、それなら、俺が一緒に行ってやればよかったな」

「何、土方さんは、もうこっちに色ができちまったのか」

「あのなぁ、前にも言っただろう。俺にはもう心に決めた女がいる。江戸に戻ったら祝言を挙げるのだ」

「へえ、色男でさんざん鳴らしたあんたが、そうまで操に拘るとは、相手は相当な女なのだな。あちこちにションベンを撒き散らせていた犬コロも、ついに年貢の納め時ってやつだな」

「ははは。何とでも言え。だが、それだけ減らず口が叩けるようならすぐに治るさ」

土方は、腹に効くという薬を置いて慌ただしく帰って行った。薬の行商をしていた時のまま、今もさまざまな薬を手元に揃えているようだ。

「おい、おい、屯所にいた無愛想な奴とは大違いだな。それに今の人は、ずいぶんとよい男振りじゃないか。旗本だと言っても、十分通る。浪士組の居残り組とは誰も思うまい、え。というか、今の人が、お前を一人前にしたって人なのか。なら、おい。役者のような美男二人で連れ立って吉原通いとは、さぞかし女にもてたろう」

「まあな」

八郎は、本山の冷やかしに、半分上の空で答えていた。土方の微妙な立場を心配していた。会津藩お預かりという身分を得たとはいえ、正式な藩士ではない。幕臣でもない。宙ぶらりんの危うい位置にいる。もちろん、将軍を警護する一員として出張してはいるようだ。だが、お目見えは到底かなわないだろう。つまり、警護の端っこにいる。首の皮一枚だけ繋がっているような存在なのだ。

「ここから、どうのしあがっていくのだろう」と八郎は思った。

野心家の近藤勇のことだから、これを糸口にして幕閣にでも入ることを狙っているのだろうと思う。しかし、それは茨の道だ。一介の、江戸で名も通っていない小さな道場主に叶う夢ではなかった。

いかに世渡り上手な才覚があるとはいえ、これぱかりは土方がどんなに頑張っても難しいのではないかと思えた。だが土方は、近藤のためになら命も惜しまないような男だ。だから、夜を日に継いで京の町中を走り回っているのだろうと八郎は思った。

突然やって来て、慌ただしく帰って行った。そのことが何よりの証拠だ。

「土方さん。……あの人、江戸へ帰れるのかなあ」

「なあに、伊庭が心配することか。さっき、江戸に戻ったら祝言を挙げると言っていたじゃないか。上様が江戸に戻られたら、追っつけ、じきにあの人も帰って来るだろうさ。……あれ。そうか、分かったぞ。伊庭は、あの人のことが羨ましいのだろう。お前さんにも身を固めたい女でもいるのか。おい、いるなら白状しろ。あ、それか、やっかみか。焼き餅か。まあ、どっちにしても珍しいことだな。伊庭、なあ、伊庭。おい、この」

本山が、冷やかし顔で小突いてきた。素直に面白がっている。

「よせよ」

八郎は、小突いてくる本山の手を摑みながら、これは老婆心だなと思い直した。

他人の心配より、今は我が身のことだ。自分だって、江戸へ戻ればどうなるか分からない身の上なのだ。今回は、秀俊の付録で来ただけなのだ。

土方は立派な大人だ。まず、自分のことを考えよう。

八郎は、そう思った。


土方が置いていってくれた薬のお陰で、食中りは嘘のようによくなった。

腹の具合が治まると、八郎たちは京の散策を再開した。

「好い加減、都の風情とやらにも飽き飽きしてきたな」

八郎は、少しうんざりしたように呟いた。

「ああ。あちこちで一生分は拝んだからな。ご利益も満腹だろうよ」

本山も賛同した。

神社仏閣巡りにも、京風味の食事にも飽きてきた。江戸が恋しい。

在京三ヵ月目に入って、ようやく将軍の東帰する日がやってきた。

「やった。やっと江戸へ帰れるぞ」

随行組は喜びの声を上げた。

在京予定十日が、三ヵ月間もの長期に及んでしまったのは、優雅な都時間のせいだろうくらいに暢気に思っていた者がほとんどであった。

よもや将軍や重臣たちが生きた心地もせず、攘夷を巡って帝や朝廷と必死の駆け引き工作を展開していたことなど露ほども知らなかった。

朝廷の意向を立てて上洛したものの、京は想像以上に過激な熱を帯びた攘夷思想に凝り固まっていた。将軍たちは、どう対処すれば波風を立てず穏便に切り抜けられるかを探っていたのだ。

五月二十九日。将軍家茂は、攘夷決行の日程を江戸に戻ってから決めると確約して、朝廷に東帰希望を持ち出した。もちろん、決行日を決める気も実行する気もなかった。だが、攘夷を決行する日を決めると約束しなければ江戸へ帰れなかったから、やむなく口にしたのだ。

それも、江戸で攘夷を実行しなければ幕臣たちの士気が上がらないと無理矢理言い訳して戻るのだ。滞京がこれ以上長引けば幕府の財政が枯渇してしまう。苦肉の策である。

東帰は、将軍のたっての希望により海路でと決まった。つまり、八郎たち警護の役目は、大坂まででおしまいとなったのだ。大坂から先、以後江戸までの警護は、幕府海軍が請け負うことになる。

勝海舟

六月十三日。大坂の天保山《てんぽうざん》港で、将軍が御座船に乗り込むのを見届けると、八郎たちも順動丸に乗って江戸へ戻った。

陸路なら一ヵ月はかかる道中も、海路なら三日で江戸に着く。

「上様のお帰りは海路か。我々の出番はなしだな」

八郎は、少し面白くなかった。

「上様は、海軍奉行の勝海舟《かつかいしゅう》どののことを、たいそうお気に入られておられるご様子だからな。本当は、上洛する時も船でとご希望されていたそうだ。まあ、確かに、上様の道中に海路を使うのは安全な方法だと俺も思うよ。だけど、そのうち上様の警護を海軍だけに独り占めされそうで、何となく嫌だな。だいたい海軍の連中は、物凄く頭のよい奴が揃っているらしいが。勝さんはともかくとして、他の連中は、剣の腕はからっきしだというぞ。まあ、俺が剣の腕っ節をどうのこうのと言うのもなんだけどな」

本山も面白くなさそうに言った。

「……勝さんか」

八郎は、思わずその名を呟いた。

勝海舟は、講武所の代表を務める直心影流の名手、男谷精一郎信友《おたにせいいちろうのぶとも》の従兄弟で、同じ流派を遣う。直心影流は、心形刀流の練武館と同じく竹刀稽古を奨励している道場である。練武館が稽古に竹刀を取り入れたのは、八郎の実父である秀業からだ。竹刀は、木刀とは違い、怪我を恐れず思う存分に打ち込み合うことができた。

以後、両派は、進んで交流試合を盛んにしていた。

そんな縁で八郎は、勝とも何度か立ち会ったことがある。


「参った。参った。さすがは伊庭の麒麟児どのだ」

八郎が一本取った後に、勝は屈託なく笑って言った。

あっさりと負けを認める。

剣士の持つ誇りというものの中には、意地でも挫けない往生際の悪さがあるものだが。

勝は、それに執着しなかった。

勝は、小柄な体軀に似合わず豪放磊落な男である。物事の尺度が大きい。小さなことには拘らない。いきなり本題を言う。平気で大風呂敷を広げる。江戸っ子特有の「べらんめえ」で口が悪い。人の好き嫌いも激しい。自分本位の付き合いづらい男である。ただし、気に入った人間には、しつこいほど食い下がる性分であった。

八郎は、「どうでい。俺の下で働いてみねぇか」と、持ちかけられたことが何度もある。

勝も旗本で、年齢は八郎より二十一も上で、親子ほど年が違った。将軍に気に入られて、いつもお傍近くに侍《はべ》っている勝に声をかけられたら、八郎でなければ二つ返事で引き受けただろう。

「なあ、お前さんのよぉ。その腕を見込んで一つ頼むよ」

頭を下げても言われたが、八郎は勝に命を預ける気にはなれなかった。


勝は、幕府が海軍養成のために作った施設である長崎伝習所から江戸に戻ってきてからは、あちこちで若者に声をかけて自分の配下に入れている。幕臣ばかりではなく、脱藩浪人などにも声をかけて傘下に置き、何かと生活の面倒まで見ているようだ。

長崎伝習所は江戸から遠いという理由から三年で閉鎖になった。以後、幕府は、新たに築地の鉄砲洲に軍艦操練所を造り、幕府直轄の海軍養成所にしていた。しかし、そこでは幕臣しか学べないことになっている。

そのため将軍の上洛を利用して、勝は幕臣ではない自分の傘下の浪人たちのために、家茂の肝煎りで神戸村に神戸軍艦操練所の開設を取り付けたそうだ。どうやら、家茂の頻繁な大坂入りは、勝の画策であったようだ。

ペリーとの交渉で、アメリカと取り交わした条約の批准書を交換するために咸臨丸でアメリカに渡ってきてからは、勝は、家茂にいっそう気に入られている。

諸外国に対して開国した国家の時勢に、海防の重要性もさることながら、異国の生々しい情勢を耳にできることは、若い将軍の大いなる刺激となっていたのだろう。

勝は自然、順調に出世の道を上り詰め、海軍の頂点に立った。その分、徐々に自由な身動きが取れなくなっている。そのために、自分の手足のように使える若者がいくらでも必要なのだ。

だが八郎は、その持ち駒になってやるつもりはなかった。

秀業と男谷は、ともに講武所に籍を置き、気心を通じ合わせた仲であったようだが、八郎は勝を好きではなかった。

だから、即座に断った。

「なんでぇ。ずいぶん、あっさりと言いやがるじゃねぇか。つれねぃ野郎だな」

勝は苦笑したが、無理強いはしなかった。

「まあ、いいさぁ。いつか、その気になったら手ぇ貸してくれよ。俺ぁ、その腕が欲しいのよ」

それでもあきらめ切れないのか、そう付け加えた。

「あいよ」

八郎は、勝に笑って答えた。

京より江戸に戻った八郎は、意外にもすぐに奥詰役を命じられた。二十歳。最年少での奥詰への取り立てである。

奥詰は、将軍を直接警護する親衛隊である。剣の腕利きの中の腕利きだけが選ばれる役職であった。本来ならば、熾烈極まりない吟味の末に選ばれるものだが、八郎の上洛時の物腰などを鑑みた上で決定されたようだ。

もっとも、江戸中に鳴り響いている練武館の麒麟児だから、当然と言えば当然の選出でもあった。

それからの八郎は、常に将軍の身近に侍ることになった。剣術家にとって垂涎の栄誉に浴することになったわけである。国家代表の命を守るのだ。重大な責任を負うことになるが、やり甲斐がある仕事であった。

徳川家茂は、勝海舟のことが大好きだ。そのせいもあって側近に上り詰めた勝は、いつも将軍の傍らに控えている。勝は、奥詰出仕の挨拶に登城した八郎の顔を見ると、露骨に「それみたことか」という表情を見せた。

勝は八郎に「どうでい。結局、ここにやってきたではないか。もったいぶりやがって」と言わんばかりの顔を向けてきた。その無遠慮な勝の視線に気づいた八郎は、わざと目を逸らした。

「上様。これなる者が噂に高い麒麟児の、えっと、いやはや、ゴホン。これなる伊庭八郎くんの勇名は、かねてから、この私も、よぉく聞き及んでいるところでありました。その伊庭くんが奥詰に加わってくれるとなれば、これは実に心強い。まさに鬼に金棒。千人力にも等しき味方。上様、もう何が起こってもご安心ですぞ。仮に明日、アメリカが攻めてきても恐れるに足りぬというわけですな。ははは。では、伊庭くん、よろしく頼む」

勝は、仰々しく八郎を褒めちぎり、家茂から見えないよう八郎に向かって片目を瞑ってみせた。上様の御前なのに、平気でおどけている。

他の幕府の要人たちは、上様の御前に緊張し切って畏まっているというのに、勝は逆に伸び伸びしているように見えた。

家茂の寵愛をよいことに、勝が我が物顔でのさばっているようにも感じられた。

「ははぁ。これは、もったいなきお言葉をいただき、恐悦至極。ありがたき幸せにございます」

八郎も、わざと大仰に言って頭を下げた。

奥詰は、いざ入ってみると、思ったほど気の張る役職ではなかった。だいたいが、江戸城を襲撃しに来るような敵はいないのだ。日本一強い男たちがひしめいている場所に、討って出るような命知らずはいないものだ。要は、将軍が動いて初めて機能する役職であるから、将軍が動かなければほとんど用がないといっても過言ではなかった。

もちろん、日々の鍛錬は欠かせなかったが。案外、このまま平穏な毎日になるのではないかと八郎は内心思っていた。
だが、運命は、それを許さなかった。

馬関戦争

将軍が江戸に戻って間もない八月十八日に、京で政変が勃発した。

発端は、攘夷決行日がなかなか決まらないことに業を煮やした長州藩が、単独で攘夷を実行してしまったことにある。

長州藩は、いきなり馬関海峡を封鎖すると、田ノ浦沖に停泊していたアメリカ商船ペンブローク号を砲撃した。そして、フランス、オランダの軍艦にも砲撃を繰り返した。

条約違反に驚いたアメリカが、すぐさま横浜にいた軍艦を長州へ派遣して報復行動に出た。フランスもオランダもそれに続き、イギリスもそこに便乗して、長州藩は、結局、米仏蘭英四ヵ国連合艦隊の攻撃に遭った。

「しまった。長州が先走った」

幕府も朝廷も、大慌てはしたものの、長州藩を助けなかった。諸藩も、見て見ぬ振りを決め込んだ。誰も好き好んで、進んで諸外国の標的になどなりたくないからだ。

そして、馬関での騒動が収束すると、件の四ヵ国の手前もあって、幕府と朝廷は長州藩に厳格な処罰を下すことにした。

長州藩主は厳しく糾弾され、長州藩は御所守護の任を解かれ、京の都を追われてしまった。

そして朝廷は、素早く攘夷策を引っ込めると、幕府との公武合体策に鞍替えした。今は外敵より、内側を強力に固めるべきだと主張した。もちろん、幕府は、それに喜んで同意した。頭痛の種でしかなかった攘夷策が雲散霧消してホッと胸を撫で下ろしていた。

しかし長州藩は、それでは治まらない。一部の長州藩士たちがそれらの処分に憤り、京へ向かって挙兵してきた。そして、御所に向かって砲撃したのだ。

帝は、そのことに大いに激怒され、御所に発砲した長州藩を朝敵として征伐するよう幕府に厳しく要請された。

幕府は速やかに、尾張藩主の徳川慶勝《とくがわよしかつ》を総督に、越前藩主の松平茂昭《まつだいらもちあき》を副総督、薩摩藩士の西郷隆盛《さいごうたかもり》を参謀に命じて、諸藩三十六藩より十五万もの兵を集結させて長州征伐に向かった。

しかし長州藩本体は、奇しくも勝手に行なった攘夷の報復を受けた直後で、そこからまだ少しも立ち直れていなかった。幕府と戦争をする余裕などなかったのだ。

だから、何の落ち度も感じていなかったが幕府に降伏した。

そうして長州征伐はあっさりと決着が付いた。

しかし、公武合体となれば、そうなったで、またぞろややこしい問題が次々に浮上してきてしまった。

幕府と朝廷の折り合い方である。その微妙な力加減が国政をも左右してしまうからだ。京都守護職や京都所司代を初め、在京中の諸大名から将軍の上洛を求める運動が起こった。またしても、将軍が直々に動かなければどうにも治まらない事態になっていったのだ。もちろん将軍自らが、さほどの間もおかず、こうも頻繁に上洛することは、いまだかつてなかったことである。だが、すでに幕府には前例を持ち出す余裕さえない。

それだけ世上が不安定なのか、幕府の権勢が力を失ったのか。嘉永年間に黒船が来て、開国してから、この国家はおかしくなっていた。

またその後に続いた東海、南海、江戸の安政三大地震も大きく影響していた。震災では多くの人々が亡くなり、復興には多大な資金と時間が要った。

天下を平定していた幕府は大打撃を受け、すっかり威力をそがれてしまった。その隙に、和歌を詠むくらいしか能がないように思われていた公家たちが、誰に入れ知恵されたものか政治に口を出し始めた。都に穏やかに佇まれておられた帝までが御簾の外へ担ぎ出され、天上人から地上に引き摺り下ろされたかのごとくになった。

今や京の都は、混乱の坩堝と化していた。それを鎮めるために将軍の再上洛を希望する声が高まったのである。家茂は二度目の上洛を決心した。今度の上洛は、公武合体体制を整えるためという名目であった。

奥詰は、もちろん警護のため上洛の供をすることになる。八郎は、もう秀俊の付録ではなかった。今度は、自身の任務として将軍に付き従っていくのだ。

とはいっても、若い八郎たちには、まだ以前の上洛と同じ気持ちが少しあった。新しく道中に加わる新参者たちに、どこどこの料理が美味かったとか、どこそこだけは是非見ておくべきだとか、土産物は何が有名で、女たちは何を喜ぶか、先輩風を吹かせて大いに盛り上がっていた。

元治元年（一八六四年）一月八日。将軍二度目の上洛は、海路を翔鶴丸で大坂に入った。その日は大坂城で一泊。翌日に伏見へ入り、二条城に向かった。

将軍警護役の八郎は、さすがに非番の日もほとんどなく、忙しかった。家茂がこなす日程の全てに同行する。御所参内や、京の社寺への参拝、大坂への視察と息つく間もない警護三昧の日々を送った。

今回の在京は、四ヵ月間であった。

八郎たちが江戸へ戻って、ようやく落ち着けると思った矢先、京でまたぞろ事件が相次いだ。

まず六月五日。京に侵入した長州藩士が、御所に火を放ち、幼い次期天皇を攫って、京都守護職や京都所司代を殺すという計画を企てていた。それを未然に察知した新撰組によって池田屋で一掃されるという事件が起きた。

七月十九日には、禁門の変が起こった。性懲りもなく、京を追われた長州藩がまた朝廷に不服を唱えるために、兵を率いて京に上ってきた。再び御所を攻撃しようとした長州藩を間一髪で薩摩藩と会津藩が武力で阻止した事件である。

八郎は、何となく嫌な予感がした。

もう都の風情には、いささかも魅力を感じなくなっていた。今やすっかり蚊帳の中に入っているせいで、幕府の立場も政治の駆け引きも十分すぎるほど分かっている。問題ばかり起こしている長州藩を、帝がこのままに放っておかないであろうこともすぐに分かった。

「また、京へ行くことになるのだろうな」と、八郎は憂鬱な気分であった。

第二章

遊撃隊発足

慶應元年（一八六五年）。

長州藩士が馬関で倒幕の挙兵をした。禁門の変の報復のためである。その動きをいち早く知った帝が、再び長州征伐を幕府に要請してきた。

八郎の予感は的中したのだ。

幕府は、大島口、芸州口、石州口、萩口、小倉口の五箇所より長州藩を攻めることになった。

閏五月二十五日。将軍は三度目の上洛をする。今度は東海道を京へ上った。そして、家茂は大坂城で全軍の指揮を執ることにした。

しかし、長州藩は、わずかな間に、見違えるほど力をつけていた。異国と戦争をした経験を、そのまま軍力に反映させていた。

米仏蘭英の四ヵ国連合艦隊に、さんざんに潰された長州藩は、すっかり心を入れ替えていた。異国の武器の凄さに愕然としたまま打ちしおれてなどはいなかった。掲げていた攘夷の志を捨て去り、変わり身の速さで、事件後の処理に長州藩へ乗り込んできていたイギリスと友好の手を結んだ。

以後、イギリスから最新式の武器をせっせと買い込んでいたのだ。

初戦は、小倉口の小倉藩と萩口の薩摩藩が長州藩を挟み撃ちにする手筈になっていた。だが、小倉藩は見るも無残に大敗した。挟み撃ちするはずの薩摩藩が全く動かなかったのだ。

先の征伐時には、すんなりと降伏した長州藩に温情を示した幕府に「この際、徹底的に長州藩を潰しておくべきだ」と強硬に主張した薩摩藩であったのだが。いつの間にか、幕府の目を盗んで、長州藩と同盟を結んでいたのだ。

その上、諸藩が長州征伐に赴くために兵糧米を掻き集めたせいで米価が高騰し、各地で一揆が勃発した。打ちこわしも相次いで横行した。その物騒な余波は、国中に広がりつつあった。

「これはいったいどうしたわけだ」

帝も将軍も口を揃えた。

あっさりと決着するはずであった二次征伐が頓挫したばかりか、世上が乱れに乱れて収拾がつかなくなってしまった。

帝は将軍を誘い、長州征伐の必勝祈願に岩清水八幡宮に参詣された。征伐の勝利を信じて疑われていなかった。

岩清水八幡宮は、歴代天皇の崇敬が篤く、また源氏の氏神として武家の崇敬も篤い由緒ある神社である。

男山の山頂に位置することから、男山八幡宮とも呼ばれている。向かいには天王山が聳え、その麓は、宇治川と桂川が合流して淀川となる地点である。

伊勢や加茂と並ぶ三社の称を戴き、二十二社の一つと名高い。

霊験あらたかなのだ。

の、はずであった。

しかし幕府が小倉藩で受けた負けを立て直す間もなく、抜き差しならぬ事態が起こってしまった。

七月二十日、大坂城内で将軍家茂が急逝したのだ。

急な病に倒れた家茂は、水すら嚥下できず、下痢嘔吐を繰り返した。やがて身体中に斑点が現れ、ほどなく息を引き取ったという。よほどの無理が祟ったものか、あっけなさすぎる最期であった。

八郎も「人は、こんなにも急に病で死ぬものなのか」と驚いた。家茂は八郎と同世代である。若い将軍は甘い物好きで、歯は相当に病んでいたが身体はひ弱ではなかった。

御典医は、暑気中りと見立てたそうだが、お傍近くに仕えていた八郎には信じられない見立てであった。

口数の多い将軍ではなかったが、誰の意見にも等しく耳を傾ける、誠実な人柄であった。

「惜しい人を亡くした」と、八郎は思った。

家茂の喪は、しばらく世間には伏せられた。

九月六日、八郎たちは、無言の将軍に付き添って軍艦鯉魚門で江戸に戻った。

将軍を失った幕府は、長州藩と停戦を結び、すぐさま、新将軍を決めた。

将軍が、初代家康公直系の血筋によって継承されていたのは、五代目将軍徳川綱吉《つなよし》までである。家康公直系の血筋はとうに絶え、あとは親類縁者による継承を余儀なくされてきた。そのために、将軍の座を巡っては、血で血を洗うような凄まじい策謀が横行してきた。

十四代目の将軍であった家茂は、御三家である紀州家の出である。もちろん、これもすんなりと決まったわけではなかった。対抗馬に、御三卿水戸家の七男である一ツ橋慶喜《ひとつばしよしのぶ》がいた。

家茂は十二歳で即位したが、彼が将軍として在任した八年間は、波乱に満ちていた。皇女との結婚、黒船襲来、開国、三度の大地震、二度の長州征伐、多発する一揆など。内憂外患、天変地異の続く世に、ひとときの安らかな日を送ることなく、家茂はわずか二十歳の若さで命を失ってしまったのだ。

そして家茂は、自分の跡目を慶喜に任せたいと遺言していたという。

仮にそれが慶喜側の勝手な言い分であったとしても、たしかに慶喜には、家茂の後見人をしていた実績があり、朝廷守護の任に就いていたこともある。母親が公家出身で、公武合体に同意していた幕府と朝廷にとって都合のよい人材であった。

しかし、家茂より九歳も年上ながら、慶喜は計算高く、ハキハキものを言わない保身ばかりを考える男と噂が高かったのも事実である。それに世間には家茂暗殺の疑惑もあった。そのせいで、譜代大名や旗本の中には、露骨に慶喜を嫌っている者がかなりいた。八郎も、慶喜は苦手であった。多弁だが声が小さい。酒を飲めば、ハキハキとものを喋るが、普段はボソボソと何を言っているのか聞き取れない。イライラするのだ。

ともあれ、とりあえず新将軍は決定したのだ。ひとまず一件落着である。幕府は、ホッと胸を撫で下ろした。

しかし、今度は帝が崩御された。これも突然の死であった。

後を継がれた新帝は、まだ十五歳と幼かった。だが新しい帝は、即位をするなり「王政復古」を掲げられ、将軍征伐を言い渡された。

そのことを誰から洩れ聞いたのか、朝廷が将軍征伐命令を出す用意をしていることを知った将軍慶喜が、二条城で大政奉還を決行してしまった。そして、政権を返上した途端、さっさと大坂城に逃げ込んでしまった。

京にいた大名や幕臣たちは慌てたが、将軍の命に従うほかはない。江戸にいた大名や幕臣たちには全てが寝耳に水の話であった。

慶喜が、こんな思い切った行動に出たのには、慶喜なりの計算があってのことだという。

大坂城に大名や幕臣を集め「勝算は余にあり。これは効力を持たない名ばかりの大政奉還である」と得意の弁を持ち出して言いくるめたそうだ。だが、一度政権を放棄してしまえば、無効も、何もない。後からどのように取り繕っても、覆水盆に返らず。一巻の終わりなのだ。

幕臣たちは、慶喜に裏切られたような気持ちになったが、徳川家が、それで終わったわけではない。政権を返上しても政治は急に止めることができない。国家運営は、頭が誰に代わっても、片時も休めないものであるはずだ。

現に諸外国は、新たなる悩みの種を手に持って、続々と日本近海に押し寄せてきている。足をすくわれないように、しっかり前を向いていなければならなかった。

徳川幕府は、奥詰役を江戸詰と京詰の二班に分け「遊撃隊」という名に改めた。隊士は四百名いた。

八郎は、一隊五十人を率いる隊長として、京に詰めることになった。八郎には、四度目の上洛になる。

慶應三年（一八六七年）十二月。

京には、以前にも増して、胡散臭そうな浪人たちが取り締まれないほど溢れていた。その上、長州藩、薩摩藩、土佐藩、肥後藩、安芸藩など夫々の策謀が渦巻き、入り乱れ、水面下でうようよと蠢いていた。今や京は、この国中で一番危険な坩堝と化した。

政権をなくした幕府を今こそ倒そうと結託した長州藩と薩摩藩が、大量の武器弾薬を運び込み、虎視眈々と幕府転覆の機を窺っている。

それを阻止しようとする幕府軍と、一触即発の状態になっていた。

戦備を整えた幕府軍一万五千人は、上鳥羽、下鳥羽、竹田、伏見に分かれた。

八郎たち遊撃隊は、会津藩とともに伏見に布陣した。見回り組や新撰組とも一緒であった。

「まったく。小倉藩になど任せずに、最初から我々が戦っておれば、長州なぞ一捻りにしてやれたのに」

やる気満々。若い遊撃隊の隊士たちは、口々にそんなことを嘯《うそぶ》いていた。

「やあ、また会ったな」

新撰組が挨拶にやって来て、開口一番にそう言った。土方歳三である。

「また会ったなとは、ご挨拶だな」

すぐに八郎が応じた。

今、京の町を牛耳っているのは、彼ら新撰組と見回り組である。浪士隊上がりの新撰組と幕臣で形成された見回り組は、時に手を携え、時に反目しながら、京の治安を守ってきた。少し前に、見回り組の佐々木只三郎《ささきただざぶろう》は挨拶に来ていた。

正式な幕臣ではなかった新撰組は、どこか暗黙的に見下されている立場にある。彼らも、それには気づいている様子で、このたび俄かに「新遊撃隊」という名を貰ったことに強い不満を持っていた。池田屋事変で不逞浪士の企みを阻止し、日本中に鳴り響いた新撰組の勇名が軽んじられたからだ。

会津藩お預かりであったという誇りを、幕府軍となった途端に、木っ端微塵に打ち砕かれたような気になったのだろう。確かに「新遊撃隊」というのは、間に合わせで、取って付けたような命名であった。

「ここぞという時には、どうせ身分がいつも物を言うのだ」と局長の近藤勇は憤っていた。そして「絶対に新遊撃隊は名乗らない」と宣言して、幕府から貰った名前を返上し、新撰組であることを貫いている。

その近藤は、かつての仲間に狙撃されたという右肩の銃創がひどく、今は動けなかった。それで土方が、近藤に代わって新撰組の全軍指揮を執っているのだ。

「また会ったなは、ご挨拶か」

「ああ。我々が、ここにいなくては、そもそも事は始まるまい」

八郎は、身を反らせるようにして言った。

「ははは。相変わらず強気の小天狗どのだな」

土方は苦笑した。

「強気といえば、あの毒舌家の沖田どのの姿が見えないようだが」

「それが、どうもよくなくてなあ。あいつ、労咳《ろうがい》なのだ」

かなり悪いのだろう。土方が、そう言った途端に顔を曇らせた。

「……そうか」

土方より年下だが天然理心流では兄弟子であり、同郷育ちの弟分であった沖田総司が労咳で寝込んでいるという。八郎にとっては、顔も口も悪い、好きな人物ではなかった。だが労咳は死病である。自慢の剣の腕を振るえず病魔に倒れるのは彼の運命だとしても、さぞかし悔しい思いをしているだろうと思った。同年の男の重篤な病気が哀れを誘った。

「で、小天狗先生は、この現状をどのように見ていらっしゃるので」

土方は、こういうところが相変わらずだ。京では、血も涙もない冷酷極まりない「新撰組鬼の副長」と噂され恐れられているらしいが、本来は面白い男なのだ。八郎には、今でも気安い相手のままであった。

「我が幕府軍が、あのような田舎侍どもに負けるわけがなかろう」

「ああ、そうだな」

土方は、ニヤリと笑った。今の土方は自信に満ちている。薬箱を背負って燻っていた頃は、目的を見つけられず、闇雲に道を探している迷子のように見えた。少々自暴自棄になって腐っているようなところもあった。自分で自分を持て余していたのだ。だが、今のこの自信は頼もしかった。

「我々が、ここで睨みを利かせていてやる。まあ、見ていろ。田舎侍どもが牙を剝いてきやがったら、一気に退散させてやるさ」

「そうだ。その意気だ。蹴散らしてやろう。お互い頑張ろうな」

八郎の言葉に、土方は大きく頷いた。

土方は、近藤ほど身分や肩書きに固執していない。むしろ、自身の境遇を割り切っているところがある。何度も挫折を経験してきた男だから、どう誤魔化しても自分が百姓出で、薬屋上がりだという経歴は消えないと身に沁みて知っている。それで、年下の八郎に「先生」と平気で下から物を言ったりする。

しかし、その正々堂々と割り切っているところが八郎は好きであった。

「ああ。お互いに頑張ろう」

戦が始まったら、もう会えないかもしれないと思った。生きるか死ぬかしか道がない。八郎がそんなことを思った時、背を向けて歩きかけていた土方が、突然振り返って言った。

「いずれどこかで、また会おう。死ぬなよ、小天狗先生」

「ああ。必ず会おう」

兄弟でも親戚でも親友でもなかったが、虫の好く男である。

武道家は、神を信仰する。鹿島香取宮や八幡宮は武の神である。摩利支天や毘沙門天を祀る流派もある。

八郎は、人の縁は神が運んでくれるものだと思っていた。

誰かを好ましく感じるのは、それだけ縁が深いということだとも知っている。

だから、何があっても、土方とはまた必ず会えると思い直した。

それに神は、生きようとする者を殺しはしない。

自分の人生をあきらめない者を殺しはしない。

いつかまた一緒に肩を並べる時が必ず来ると思った。


一触即発の事態に陥ってから数日が過ぎた。

伏見奉行所に布陣した遊撃隊の前に薩摩藩邸がある。土方歳三の話では、新撰組隊士を何人か変装させて紛れ込ませているという。薩摩藩に妙な動きがあれば、すぐに情報が入る手筈になっていた。

ちょうどその頃、江戸でひと悶着が起こっていた。皮肉にも、筆頭老中の板倉勝静《いたくらかつきよ》が江戸へ送った「京で戦争を始める。直ちに陸軍、海軍の応援を送れ」という声明文が江戸城に到着する、一日前のことである。

薩摩藩が二度目の長州征伐に加担しなかった理由が、秘密裏に結ばれた薩長同盟によるものであったことや、江戸に潜入した薩摩藩士が、浪人者に成り済まして、ひっきりなしに放火、掠奪、暴行など幕府を煽る暴挙を企てたこと。そんなさまざまな要因が重なって、江戸守護職にある庄内藩が、とうとう堪忍袋の緒を切ってしまった。

十二月二十五日。庄内藩は、怒りに任せて、江戸高輪にある薩摩藩邸を焼き討ちにした。彼らにすれば、傍若無人な薩摩藩に天誅を加える気持ちがあった。

だが、それが発端になった。

その事件のせいで、薄氷のように緊迫した関係を保っていた、京での睨み合いの均衡が一気に崩れた。

十二月二十八日に、その知らせを受けた幕府軍は、たちまち緊張した。情報の行き違いがあったからだ。陸軍や海軍の応援部隊が京に到着次第、幕府側から先制攻撃を仕掛けるつもりでいたのだ。ただ、それもこれも、一刻も早く京の都を平穏に戻し、帝を安心させたいと考えてのことであった。

しかし、江戸藩邸焼き討ちに怒り狂った薩摩藩が、幕府軍を倒す第一番手を振るった。と言っても、そのために薩摩藩が江戸で企てていたさまざまな扇動作戦であったのだから、これは薩摩藩の計算のうちである。薩摩藩は、幕府との戦争の火蓋を切るきっかけを、今か今かと待ち侘びていたのだ。

鳥羽伏見戦闘開始

慶應四年（一八六八年）、一月三日。

かくして、両陣営の戦闘の火蓋は切って落とされたのだ。

もちろん、薩摩藩の背後には同盟を結んだ長州藩が付いている。イギリスから買い込んだ最新式の武器を大量に揃えていた。

しかし、幕府軍の武器は、遥か昔の関が原当時から眠っていて錆び付いた代物を、蔵から「よいしょ」と引き出してきて、間に合わせに何となく並べたような物がほとんどである。

それにみな戦闘用に古めかしい甲冑具足を着込んでいた。それらはひどく重く、動くとも容易ではない。比べて薩長連合軍は、身軽な布製の洋装に身を包んでいた。速やかに軽やかに動けるのだ。

八郎は、敵の軍勢を目にした途端に、何となく悪い予感がした。その予感は、すぐにハッキリとした感覚に変わった。

「これは、思いの外、辛い戦になりそうな気配だな」

八郎は、傍らにいる本山小太郎に、そう声をかけた。ともに遊撃隊に名を連ねているが、八郎は一小隊の隊長であり、元来事務職に就いていた本山は、その付属の隊士である。だが、八郎には唯一無二の、心を許せる親友であることに変わりはない。

だから、ともすれば、気弱にも聞こえるような発言を向けてしまった。

「ああ。だが、幕府軍が負けるものか」

本山は、頼もしい言葉を返してきた。

いやそれは、幕府軍全ての思いであった。万に一つも、薩摩や長州の田舎侍に負けるわけがないと思っている。目の前にある現実より、培ってきた記憶を優先した。誰一人、幕府軍の敗退を予想した者はいなかった。

最初の一発に連動するように、薩摩藩の砲弾が次々に打ち込まれてきた。御香宮《ごこうのみや》に陣取った薩摩藩側のアームストロング砲は、続けざまに火を噴いた。

砲弾は、御香宮の塀を軽々と越えて遊撃隊の陣中に飛び込んでくる。爆音とともに、その場にいた隊士たちが飛び散った。硝煙と血生臭い匂いが辺りに充満する。舞い上がった土煙が煙幕のように視界を遮る。

「怯むな。前へ出ろ」

八郎は隊士たちを励ましたが、飛び込んでくる砲弾を避け、爆発とともに飛び散る諸々の破片を抜け、それより前に突き進むのは、生身の人間には土台無理な話であった。

「引くな。行け。進め」

八郎は叫んだ。しかし、隊士たちは二の足を踏んでいる。

「ええい。あきらめるな、俺に続け」

八郎は、率先して飛び出した。

炸裂する砲弾に、めげずに何とか抜け出る隙を探そうと試みる。しかし、一歩踏み出すと、すかさず雨霰のように打ち込まれる砲弾には手も足も出なかった。

「うーむ、これでは戦えないな」

さすがの八郎も、なす術もなく唸るしかなかった。

こちらの大砲は、せいぜい御香宮の土壁を浅く砕くので精一杯だ。風穴を開けることすらできないでいる。白兵戦に持ち込めれば、負けやしないのだが。飛び込んでくる砲弾には太刀打ちできない。どうにも無念やるかたないが、これでは手に負えなかった。組み合えない相手とは戦えないのだ。

「何か、よい手はないのか」

八郎は、とうとう考え込んでしまった。

互いに、砲弾を撃ち合う攻防戦が続いていた。しかし、一方は確実に着弾し、一方は敵陣に届きもしないままの不毛な攻防戦であった。

そして……。

幕府軍形勢不利の中で信じられないことが起こった。

薩長軍の陣に、帝の軍の旗印となる錦旗が立ったのだ。縦長の赤い錦旗には、くっきりと菊の紋章が翻っている。

「おう、あれは」

幕府軍勢は叫び声を挙げた。

八郎も、思わず息を飲み込んだ。あまりの驚きに声さえ出なかった。

錦旗を掲げるのは官軍である。その軍と戦うことは、帝に刃向かうことになるのだ。

「そんな、馬鹿な……」

「ええい。怯むな。奴らが勝手に立てたものに違いない」

「そうだ。そもそも我々が、帝に長州征伐を頼まれたのだ」

「ああ。帝のために戦っているのは我々……のはずだ」

「いや、駄目だ。帝とは戦えない」

一瞬で幕府軍の士気が萎えた。

「進め」と号令をかけても、誰も前に進まない。

この瞬間に、幕府軍は、戦わず完敗したのだ。

無念でも、ここは、もう退く以外に道はなかった。

逃げるのではない。態勢を整えて出直すのだ。

ひとまず、味方の軍勢が落ち着ける場所を確保しなければならない。

「こうなったら、もう大坂へ行くしかない」

大坂は天領である。今ある大坂城は徳川家が築いた城だ。そして、皮肉にも徳川慶喜が謹慎している場所である。

しかし、彼を担ぎ出せれば、幕府軍の士気は大いに上がる。まだ盛り返せるはずだ。

「ものども、目指すは、大坂だ。大坂城へ引け」

筆頭老中の板倉勝静の号令が響き、幕府軍は一斉に大坂を目指し始めた。

「そうか。大樹を担ぐのだな」と、八郎にも合点がいった。

「引けー。我々も大坂に向かうぞ」

八郎も声を張り上げた。

その時、一発の砲弾が八郎の胸に当たった。

不発弾であった。甲冑を着込んでいたが、相手は鉄の玉だ。八郎は「ぐぇ」と言って血を吐き出すと、そのまま気を失った。


気がつくと、八郎は大坂城内に寝かされていた。甲冑を脱がされて、身体中に包帯を巻かれていた。

「胸の骨が折れているそうだ」

本山小太郎が、心配そうに八郎の顔を覗き込んでいた。

胸の骨が折れているとは、大坂城に詰めていた御典医が手当てをした際に言ったそうだ。

「うむむ。思うように息ができない」

浅く、小刻みな息を繰り返しながら八郎は訴えた。

「しかし、甲冑を着ていて命拾いしたな」

本山は、ホッとしたように言った。気絶した八郎を戸板に乗せて、伏見から淀川沿いに大坂城まで運ぶのは大変なことであったはずだ。しかし本山は、そんなことは一言も言わずに、心配で片時も傍を離れられなかったと言った。

「そうだな。甲冑を着ていなかったら、お陀仏だったな。だが、俺は大丈夫だ。俺は、悪運が強いし、こんなことぐらいでは死なないよ」

八郎は笑ってみせた。

胸には重苦しい痛みが残っているが、他は何ともなさそうだ。それより、ぶざまに気を失って、ここまで運ばれたのかと思うと急に恥ずかしくなった。

「よかったよ。伊庭が目を覚ましてくれて。どうなるかと思った」

だが本山は、そう言って、気のよい笑顔を向けてきた。

「遊撃隊はどこだ」

「大広間にいるよ。幕府軍は、この城に全軍が退却することになった。我が隊も、見回り組も、新撰組も、会津藩も、みんなだ。ここで、態勢を立て直し、ここを根城にして薩長軍を迎え撃つことになりそうだ」

「そうか。では、俺の読み通りに運んだな。よし」

「伊庭。無理をするな。さっきも言ったが、骨が折れているそうだぞ。今ぐらいはおとなしく寝ていろ」

八郎がやる気満々になっているのが分かって、本山は釘を刺した。

「なあに、御典医は大袈裟なのだ。骨など折れていないのさ。もう、何ともないのだ。大丈夫だよ。それに、もし、何かあったとしても、せいぜいヒビが入ったくらいだろう。

……しかし、どうも俺には、京は方角が悪いらしい。以前に来た時も食中りで寝込んでしまったし。今度もそうだ。とんだ目に遭った」

八郎は、微笑みながら身体を少しだけ起こしてみた。まだ少しばかり胸が重く呼吸に障りがあるが、痛みは、それほど感じなかった。

「それにしてもだ。まあ、今日くらいはおとなしく休んでいろよ。幕府軍は、このままおめおめやられはしない。上様も、やる気満々のご様子だそうだからな」

本山は、起き上がりかけた八郎の身体を畳の上に押し戻した。

「上様。あの、慶喜公が、か」

「ああ。ついさっきも大広間で、幕府軍の全軍が揃ったら、上様御自らが先頭に立って采配を振るうと言われたそうだ」

「本当なのか。……公家の脅しに負けて、さっさと政権を返上してしまった人だ。信用できるのか」

「馬鹿を言え。当たり前じゃないか。仮にも徳川家を名乗っておられる御方だぞ。それ以上失礼なことを言うと怒るからな」

本山は、わざと語気を強めてみせた。が、本気で怒って言っているわけではない。ただ八郎の無礼な発言を戒めるような意味から言っただけだ。

彼は、慶喜がほぼ独断で強引に決行してしまった大政奉還の、容認派と批判派の二派に分かれている幕臣の中でも、より穏やかに慶喜を尊重している超容認派の部類に属していた。慶喜のことを心から信用しているのだ。

だが八郎には、本山ほど慶喜を手放しでは信用できなかった。

若く、実直であった家茂の傍近くに勤めていたせいかもしれないが、慶喜は先代より年を食っているくせに、常にオドオドしている感じが気になった。

不謹慎ながら、命を投げ出してまで守ろうとは思えなかった。

八郎は言った。

「とにかく、ここで一戦だな」

「ああ。そうだとも。海軍も来ているのだ」

「海軍が来たのか。そうか、榎本さんが来たか」

八郎は思わず明るい声を上げた。

「ああ。幕府海軍艦隊が大坂湾に揃っているそうだ。矢田堀海軍総裁と榎本副総裁が上陸して来た。上様は、そのことにも力を得られたようだ」

「そうか。榎本さんが、海軍が来たか」

八郎は、それなら勝てると確信した。


大坂城に結集した幕府軍は、城内にそれぞれの隊の居場所を割り当てられていた。大勢の兵士が、いささかの小競り合いもなく落ち着いた。みな疲労困憊していた。怪我を負っている者、悔しさを抑え切れない者。さまざまな心を持て余しながら、再起する機会を願っていた。

あまりにも武器に差がありすぎて対等に戦えなかった。まともに組み合えなかった。それに幕府は、帝のために働いてきたはずなのだ。それが、鳶に油揚げを攫われたような形になってしまった。昨日までの朝敵に、いつの間にか錦旗を奪われて、立場を逆転させられてしまったのだ。元の立場を取り戻すなら、間髪入れずに今すぐ巻き返さねばならない。

その先頭に立つと意気込んだ徳川慶喜は、各隊の隊長たちを集めると、かつてない大声で言い切った。

「余が先頭に立つからには、必ず幕府軍は勝利する。よいか。よしんば最後の一兵となったとしても、徳川の誇りにかけて戦い抜いてくれたまえ。いや、我々は必ず勝つ。薩長の田舎侍たちに、目に物を見せてくれる。明日には、形勢を巻き返し、賊軍の汚名を見事に晴らして大手を振って江戸へ戻るぞ」

いつにない、強気に満ちた語調で言い放った。

「案ずるな。賊は薩長だ。帝の錦旗は、我らの掲げるべきものぞ」

しまいには、自ら「えい、えい、おー」という戦時の雄叫びを張り上げてまで、檄を飛ばした。

大坂城に敗退していた幕府軍は、感涙に咽びながら、慶喜のありがたい言葉に「えい、えい、おー」と声を揃えた。

敵前逃亡

明日になれば。

みなの心に希望の灯が灯った。

上様御自らが先頭に立って戦をされるのだ。

徳川家への忠誠心が身体中に染み込んでいる幕臣たちが、徳川家のために戦う道理を得れば、それ以上の栄誉はなかった。もう命など惜しくない。さっきまでの悔しさまでも嘘のように吹き飛んだ。武器の違いまでも気にならなくなった。

勝てる。

そう確信が持てた。

奴らが立てた錦旗など恐れるな。

朝廷は上様のお里ではないか。

公家出身の母を持つ慶喜には、実際、公家の親戚がいる。祖父は、今でも禁裏の奥で重用されているのだ。

明日になれば。

幕府軍の全員が、期待に胸を膨らませ、同じ気持ちになっていた。

明日こそ、賊軍の汚名を返上できる。

幕府軍は、興奮に震えながら眠りについた。


しかし、一月六日の明け方。

不吉なことに、御座の間に人気はなかった。

御座の間が、しんと静まり返っていたのは、そこの主が、まだ深い眠りの中にいたからではなかった。部屋の中に、誰もいなかったのだ。お次の間に控えていたはずの宿居の側衆たちは、昨夜のうちに慶喜によって全員人払いをされていたという。

朝になって「御起床」の声を上げたが、お返事がない。「ご無礼をお許しください」と側衆が声をかけて襖を開けると、部屋はもぬけの殻で、夜具には人の寝た気配すらなかったという。

「う、上様がおられない」

城内が、蜂の巣をつついたような大騒ぎになった。

昨夜、先頭に立ち、毅然と檄を飛ばした男が忽然と消えたのだ。

「何だって」

「どこかへ、消えてしまわれた」

「たわけたことを言うな。まさか……」

まさかの後の言葉が続かない。

まさか、神隠し。

まさか、敵が潜入して上様が攫われた。

まさか、逃げられたのでは。

「まさか。そんなことがあろうはずがない」

と、一呼吸置いて言い直し、声の主はお茶を濁した。

昨夜、あれほどはっきりと、今日巻き返すと言い切った慶喜が、夜が明けると煙のように消えていたのだ。

いや、消えたのは慶喜だけではなかった。京都守護職の会津藩主松平容保《まつだいらかたもり》も、京都所司代の桑名藩主松平定敬《まつだいらさだあき》もいない。筆頭老中の板倉勝静を初めとする側近たちまでもが消えていた。幕府軍の首領たちが、揃いも揃って夜の間に消えたのだ。

「どこへ行かれた」

「敵にかどわかされたか」

「探せ」

どこへも行かれるはずがないのだ。

敵など入り込めるはずがない。

厠まで、隈なく探した。

幕臣たちは、自問自答を繰り返しながら大坂城内を走り回った。探し回りながら、みな心の奥底に押し殺している言葉があった。

まさか、の本当の続きだ。

「逃げたのではないか」

「我らを見捨てて逃げたのではないか」

誰一人、口に出しては言わなかった。だが、慶喜はいない。

御座の間には、慶喜が愛用していた葵の御紋付きの持ち物が散乱している。フランス国主から贈られた貴重な品物まで置かれたままだ。

慌ただしく逃げたのだ。それ以外考えられない。

もう疑う余地はなかった。敵がどこからも潜入できない以上、ご自身で出て行かれるしか御座の間を抜け出る方法はないのだ。もはや、それしか考えられなかった。

しかし、そうなると、今度は「いったいどこへ。どのように消えられたのか」という疑問に突き当たる。

大坂城内を一歩出れば、巷には薩長軍が幕府軍を追って迫ってきているはずである。京へは行けない。街道を通ることもできないはずだ。第一、こんなわけの分からないような判じ物に無駄な時間を費やしている場合ではない。今、打つ手を間違えれば、大坂城が敵に取り囲まれる危険さえあるのだ。慶喜たちを探し回りながら、みな焦っていた。

やがて、真相が明るみに出た。

夜中に城を抜け出した集団があったという情報が門番から届いたのだ。

城の番兵たちによれば、夜中に頭巾を被った数人の男たちがせわしなく開門を迫ったという。番兵たちは、身分の高いやんごとない人物たちだろうとは思ったが、まさかそれが上様たちだとは思わない。言われるままに開門したそうだ。

「あれが、上様たちであられたか」

番兵たちは、常日頃にも将軍様にお目見えする栄誉はなかった。だから、慶喜の顔を知らなかったのだ。恐らく、頭巾など被らなくとも顔が割れることもなかったはずだ。

夜中に、こっそりと、お忍びで、お逃げになった。

それは衝撃である。

「何ゆえだ」

人をさんざん煽っておいて、これほどの裏切りがあるだろうか。

しかし、相手は将軍である。それが真実であったとしても、滅多なことは口にできるものではない。政権を持っていようが、返上していようが、上様のされることは、今もって幕臣には畏れ多いことなのだ。

確かに、みなの心の中には、ぶつけるところのない怒りと悔しさが煮えたぎっていた。

敵前逃亡など切腹にも値しない情けなさだ。

それでも、それが幕府軍の首領が取った行動なのだ。それが今の幕府軍が掲げるべき旗印なのである。

心中は煮えたぎっていようが、表立って声に出して非難することなどできようはずがない。

「う、上様が進んで賊軍に下られたのなら、何ゆえか、お考えがあってのことであろう」

「そのようだ。それが上様の御意志であれば、我らも従わねばなるまいかのう」

「そ、そうだな。上様の御意志は、しかと尊重せねばならぬからの」

幕臣たちの口からは、当たり障りのないお人好しな言葉しか出てこなかった。

連綿と続いてきた将軍家の威光は、幕臣たちの心には絶対的に染み込んだ伝統のようなものである。彼らは、お上に逆らうことなど毛頭考えない。お上を批判することもあり得ないのだ。

だが、自分たちの立ち位置は分かっていた。

今ここで敵に背を向けてよいものかどうか。あっさりと負けを認めて賊軍に下ってよいものか。せめて、武士の一分に恥じない行動を取るべきではないのかということだ。

首領を欠いた幕府軍は、そのままに次なる手立てを考えるしかなかった。

前に進むしか道はないのだ。

しかし、幕府軍の隊長たちは言葉を失っていた。

大広間に、重い沈黙だけが続いた。

会津藩重臣の神保修理《じんぼしゅり》は、昨夕のことをゆっくりと思い出していた。上役がごっそりと消えてしまったせいで、幕府軍を纏める立場になってしまった不運な男である。

続々と大坂城を目指して引き上げてくる幕府軍に、オロオロとしていただけの慶喜が態度を一変させたきっかけがあった。

慶喜の前に、海軍総裁、副総裁が揃って現れた。そして、彼らはこう言った。

「海軍への出動要請は出ていませんでしたが、我々は江戸でいても立ってもいられなくなり大坂へ駆けつけてきました。勝手な行動を取った責任は、後日取ります。今は、我らの力をお使いください。陸と海の両方から攻撃すれば、必ず勝てます」

彼らが到着し、彼らの言葉を聞いた途端、慶喜が満面の笑みを浮かべた。

本来なら自分の要請もなしに、勝手に江戸を離れた海軍を戒めるのが筋であっただろう。だが、慶喜は、無断で出動してきたという海軍を、彼らの英断であったかのように褒め称えた。

勝海舟のことを嫌い、ずっと海軍を遠ざけていた慶喜が、満面の笑みを浮かべた不思議に、あの時に気づいていればと神保は思った。容易に慶喜の目論みに気づけたはずであったと後悔しきりである。

「どうやって、どこへ向かわれたのか」

「どこに潜んでおられるのだろうか」

みなが口にする疑問の先の答えを、神保はぼんやりと見つつあった。

「そうか。そういうことであったのか」

神保の目に、じわりと涙が滲んできた。

政権を返上した慶喜に、身の危険を避けるため二条城を出て大坂城での恭順を勧めたのは神保である。

京から敗退してくる幕府軍を見て、大坂で戦わずに江戸へ戻るべきだと進言したのも神保なのだ。

いずれの時も、慶喜は神保の進言に対して明確には答えてくれなかった。だが、結果的には、いつも神保の進言通りに動いたわけだ。

「しかし、……しかし、この私だけが、大坂城に置き去りにされるとは思いもしなかった」

と、神保は深く項垂れた。そこへ、神保の天敵が現れた。

「神保よ。どのみち、おぬしが、上様たちを手引きして逃がしたのだろう」

同じく会津藩重臣の佐川官兵衛《さがわかんべえ》が、そう言って神保に詰め寄ってきた。

会津藩士たちの誰もが、神保が慶喜に江戸へ戻ることを進言していたことを知っている。特に別撰組を率いている陸軍隊長の佐川は、藩内で常に神保と対立してきた相手である。

昨日も、江戸へ戻る案を進言した神保に摑みかかってきた。佐川は、大坂で徹底的に戦うべきだと主張していた。もちろん、会津藩士たちは、みなここで骨になるまで戦うつもりでいた。

神保は、当然のことのように会津藩士たちに取り囲まれて糾弾を受けた。彼らは、全てが神保の仕業だと思っているようだ。神保は、味方なのに、敵の渦中に一人だけ混じっているような気分になっていた。

「神保よ。上様を逃がしておいて、よくもしゃあしゃあとしておれるな。このまま、ただで済むと思うなよ」

佐川の声が止めを刺す。

「これでは針の筵だ。もはや、どう言い訳しても、切腹は免れないだろう」

神保は、必死になって慶喜を説得した自分が、とんだ道化者に思えた。泣くに泣けない気分であった。慶喜の保身による、最初の犠牲者が彼である。

一人の海軍士官が息せき切って城内に飛び込んできたのは、そんな込み入った状況の時であった。

「矢田堀総裁は、榎本副総裁は、いずこにおられますか」

士官は大広間に目を泳がせる。人が多すぎて、気が動転していた彼には、誰が誰だか見分けがつかなかったのだろう。

「何事だ。私なら、ここにいる」

すぐに榎本武揚《えのもとたけあき》が、彼に駆け寄った。

「榎本副総裁。開陽丸が、出航しました」

士官は、姿勢を正して報告した。

開陽丸というのは、榎本武揚が昨年、留学先のオランダより持ち帰ってきた日本一巨大で最強の軍艦のことである。五年前に榎本が日本からオランダに設計図を持ち込み、一から造ってきた軍艦である。もちろん、その艦長を務めているのは榎本自身であった。

船というものは、本来なら艦長の許可、指示なしで動かすことはできない決まりになっている。だから、その艦長を置き去りにして出航するなどあり得ない所業なのだ。

「開陽がなんだって」

榎本は聞き返した。

「はい。開陽丸が、今しがた出航しました。富士山丸にいる荒井総司令官に、江戸に戻るとだけ電信があったそうです」

「馬鹿な。艦長は私だ。ここにいるではないか」

榎本が血相を変えて叫んだ。

士官は恐縮し切って、もう何の言葉も発せない。榎本の剣幕に震え上がり、直立不動のまま黙り込んでしまった。

「艦長の、わ、私を置いて出航など、そんな馬鹿なことがあろうはずがない。副艦長の澤くんは、いったい何を考えて、誰の命令があって開陽を動かし……え、まさか」

榎本の表情が、そこで強張った。そして、何かを「ごくん」と飲み込んだ。

「まさか、上様たちなのか」を、飲み込んだのだ。

開陽丸が艦長以外の命令を聞くとなれば、それは将軍をおいて他にない。

「慶喜公か」

榎本は、信じられないものを見るような目で士官に尋ねた。

「……はい。荒井総司令官が止める間もなかったそうです」

「そうか。海であったか」

榎本は目を剥いた。

「海とは……」

と、力が抜けたように呟いた。

海から逃げ出すとは、確かに誰も考えなかったことだ。

海軍総裁になる前は、海軍奉行をしていたこともある矢田堀鴻《やたぼりこう》の優秀さは、幕府内で周知の事実であったが。榎本も頭脳明晰、冷静沈着で世に通っている男である。一見、穏やかな印象を与える風貌だが、元来は勝気で自尊心が高いのだろう。

今の海軍奉行である勝海舟が一番お気に入りの英才だけあって、どんな状況下でも即座に臨機応変な対応ができる。

鳥羽、伏見で戦闘が開かれそうだと知るや、開陽丸、富士山丸、順動丸、蟠竜丸、翔鶴丸の軍艦五艦で大坂へ駆けつけ、機転を利かせて自ら上陸してきていたのである。

まさか自分たちと入れ違いに、幕府軍の首領たちが揃いも揃って逃げ出そうなどとは思いもしない。それも、幕府海軍の主艦に乗って。

榎本は、怒り狂った。


慶喜は、家茂が愛した勝海舟をひどく嫌っていたのだ。

勝は、相手が誰であれ、率直に物事を言う。それが、グズグズが売りのような慶喜には、ズケズケと上目線で物を言われるように聞こえて仕方がなかったのだろう。グズグズでも自尊心だけは人一倍高いものらしい。

何分にも勝のことが煙たかったのだ。だから勝は遠ざけられ、自然と海軍も粗略に扱われるようになっていた。

諸外国に開国した日本にとって、他の何においても第一であるはずの海防を、慶喜はないがしろにしていたのである。

そのくせに、逃げる手段に海軍を使うとは。

これには、いかに温厚な榎本でも怒り心頭に発したのだろう。

しかも、彼の命ほど大切な開陽丸を逃亡の手段に使ったのだから。

しばらく誰も、榎本には声をかけられなかった。何か言えば、嚙み付かれそうに激高していたからだ。

ぬかるみ

「何か騒がしいな」

八郎は、傍らで居眠りをしていた本山小太郎を揺り起こした。昨夜、八郎が意識を取り戻したのでホッとしたのだろう。友達思いの気のよい男である。

「うーん。何事か起こったのかな。行って見てこよう」

本山は、大きく伸びをしながら言った。

「それなら俺も行く」

八郎も、起き上がろうとした。

「伊庭。動いて大丈夫なのか」

「ああ。もう大丈夫だ。起き上がるのに、手を貸してくれ」

「……しょうがない奴だな」

本山が手を差し出した。

本山に手を借りて起き上がると、すっくと立てた。ゆっくりとだが、歩くこともできた。

御典医は胸の骨が折れていると言ったそうだが、今朝はもう何ともなかった。

「ヤブ医者め。剣の修行で培った強靭な肉体が、そうやすやすと壊れはしないぞ」

と、八郎は思った。

それに、少しでもよくなれば、いつまでもおとなしく寝ているような八郎でもなかった。大広間に向かって歩き出した八郎たちは、黒書院の廊下で、いつになく気色ばんだ榎本武揚と擦れ違った。

榎本とは実家が近く、八郎が生まれた時からの顔見知りのようなものであった。互いの家同士も親戚のように親しい付き合いがあり、贔屓にしている店まで同じであった。

「おや、榎本さん。榎本さんじゃないですか。やけに急いで、いったいどうしたのですか」

榎本は、何かにひどく興奮している様子で、声をかけられるまで八郎に気づかなかったようだ。いったん、行き過ぎてから、慌てて引き返してきた。

「やあ。伊庭くんか。あっ、きみ、怪我をしたのか。大丈夫なのか」

八郎の身体に、グルグル巻きに巻かれた包帯を見て言った。

「ちょっとした怪我です。大袈裟なのです」

八郎は笑った。

「そうか。それならよかった」

榎本は、さっきとは打って変わった優しい顔になっていた。彫りの深い美男である。

「榎本さんらしくないですね。そんなに急いで、何があったのです」

八郎に問われて、榎本は思い出したように憤った。

「いやっ、どうもこうもない。口にするのも腹立たしい。一ツ橋が逃げた。会津どの、桑名どのも道づれにして逃げやがった。しかも、私の開陽丸を使ってだ。……まったく、とんだ腰抜け様だ」

江戸っ子なので言葉遣いはもともとよくない。しかし、いつもは理路整然と話をする榎本にしては、感情走った物言いであった。その上、榎本らしくない激高ぶりだ。

「腰抜け様」

八郎は思わず聞き返した。

ともに御徒町で生まれ育った。年は八歳違う。八郎にとって榎本は、常に憧れであり目標でもあった。八郎が蘭学を学んだのは榎本の影響である。

榎本は、昌平校から長崎伝習所に進み、蝦夷の測量に従事し、オランダに留学して開陽丸を造ってきた。昨年、日本に戻ってからすぐ軍艦操練所の副総監をしている。

軍艦操練所は、講武所に併設された機関である。陸軍と海軍に分かれていたが、母体は同じなのである。お互いが顔見知りであり、親交も頻繁に行なわれていたため仲間意識も高かった。

榎本は、鳥羽伏見での戦闘を想定して、海軍を率いて大坂に駆けつけてきたのだという。そして、大坂湾で待ち構えて攻撃してきた薩長軍の軍艦を蹴散らし、大坂湾を掌握した。幕府軍の京での敗走を知った榎本は、海軍の出動命令を待ち切れず、大坂城に入った陸軍と呼応して薩長軍を迎え撃つことを提案するつもりで上陸してきていたのだ。

榎本から事の経緯を聞いた八郎たちも、さすがに溜め息が出た。

敵前逃亡か。

それでも、幕府軍にとっては、慶喜は腐っても徳川家の首領である。命を懸けても守らなければならない義務がある。

「それで、海軍はどうするつもりなのです」

「このまま戦おうと言いたいが。開陽丸を欠いては、こちらにも限界がある」

榎本は、幕府海軍きっての開陽丸の艦長なのだ。その誇りもあるが、他の艦長を押し退けて別艦に乗って指揮を執り、戦うわけにはいかないそうだ。海軍には海軍の規律がある。

「しかし、今なら巻き返せますよ」

八郎は榎本に詰め寄ったが、榎本は首を横に振った。

「我々は、無理だ」

ひどく沈んだ声であった。榎本も無念でたまらないのだ。

「とりあえず大坂湾へ行ってみる」と言って、榎本はまた慌ただしく去っていった。

八郎は、もう言葉もなく、その後ろ姿を見送るしかなかった。

その後、時を待たずに、首領を欠いた幕府軍は、各隊の隊長が再度集まり、緊急の評定を開いていた。

もちろん会津藩が主導権を握っていたが、神保修理は罪人のように監視を付けられて、一部屋に幽閉されていた。

江戸に戻ったら有無を言わさず、慶喜たちを大坂から逃がした責任を取って、即座に切腹を決定されることに決まっているようなものであった。

代わって、佐川官兵衛が幕府軍を仕切った。

薩長軍が錦旗を立て、幕府軍を京から蹴散らした。

錦旗は、帝の軍であるという印である。

たとえ薩長軍が勝手に立てたものであったとしても、帝が認めさえすれば、それは真実になってしまうのだ。

そして幕府軍は、賊軍になってしまうのである。

そんな状況下で、幕府軍の首領たちが揃いも揃って消えるというのは、むざむざ進んで賊軍に成り下がる道を選んだということだ。

「上様は、事の重大さが分かっておられたのか」

「無論だ。ええい、もともとご自分の身ばかりを守りたがる御仁であった。ご自身だけが、賊軍になりたくなくて江戸へ向かわれたのであろう」

「それにしても、会津どの、桑名どのまでが、我々を見放すとは心外であった」

「なあに。もとを糺せば、あの兄弟は、上様とは御従兄弟同士だ。親戚の血は家臣との絆よりずっと濃いのだろうさ」

「しかし、それでは我々はどうなるのだ」

「そんなことは、知ったことではないということだろう」

「何という。仮にも幕府軍の首領だぞ。無責任にもほどがある。嘆かわしい」

「ああ。まったくだ。だが、悔しいが、上様なしでは戦えない。ここはひとまず江戸へ戻って巻き返すべきだ」

「いや、物事には好機というものがある。それを逸せば、二度と機会は訪れない。今こそ、その時だ。このままここで戦おう」

「いや、やはり、上様なしでは士気が上がらない」

「江戸だ」

「大坂だ」

纏まりが付かないまま、時刻だけが無情に過ぎていく。

「埒が明かないな」

普段なら、同じ土俵に入れない身分の者までが、この評定の席には混じっている。だが誰もそれを咎めなかった。たとえは悪いが、猫の手も借りたい。それほど火急で切羽詰まった事態であった。受け継がれてきた身分の差など、事の緊急時には何の足しにもならないものなのだ。

「江戸へ戻ろう」

一月十日。

ついに入り乱れていた意見が纏まった。

結局、徳川家のお膝元でなければ、話は収拾もつかなければ始まりもしないということに落ち着いた。

それで、その場は収まったが、その決定を聞いた者たちは不満を隠せなかった。

「江戸へ帰るというのか。それでは、むざむざ負けを認めたのと同じことになる」

大坂で戦うことを主張していた八郎は、大坂城の畳を叩いて悔しがった。


八郎が出立の準備をしていると、榎本武揚がやって来た。

「ああ。いたいた。伊庭くん。やっと見つけた。凄い混乱状態で、もう会えないかと思ったよ。会えてよかった。海軍は、御金庫番役に頼まれて、大坂城内に蓄えていた金品を富士山丸で江戸まで運ぶことになった。今後の軍資金に充てるそうだ」

頭から湯気を出さんばかりに怒っていた榎本だったが、今は冷静になっていた。

「ところで伊庭くん。さっき、陸軍部隊を海軍の船には乗せられないと断りを入れてきた。船には定員というものがあるからね。希望する全軍を乗せたら転覆してしまうのでね。公平を期して、乗せないことにしたのだ。しかし、きみは別だよ。負傷している。私と一緒に来なさい。是非とも江戸まで乗っていきたまえ」

榎本は、優しく言った。それを伝えるために探し回って来てくれたのだろう。

「いや、遠慮します。俺なら大丈夫です。それに、負傷しているのは俺だけではありません。俺は、遊撃隊と戻ります。隊長の俺だけが勝手なことはできません」

八郎は榎本の好意を断った。

「しかし、京や街道は通れないそうだぞ。きみの、その身体に障らないか」

一人や二人くらい海軍に紛れてもどうってことないじゃないかと、榎本は言いたそうだ。

「隊なら、他の隊長に預けておけばよい話だろう」

「いや、大丈夫です。榎本さん。俺は、歩けます。いえ、自分の足で歩きたいのです」

痩せ我慢ではなかった。八郎は自分の足で歩きたかった。一歩一歩を踏みしめて、江戸へ帰りたかった。

見た目には痛々しく身体中に包帯を巻いていても、足に差し障りはないのだから歩くには別段不便もない。もっと悲愴な大怪我を負っている者たちでも、黙々と帰り支度を始めているのだ。自分だけが榎本の好意に甘えてなどいられないと思った。

この寒空に、破けた薄着の者も混じっている。贅沢など言えない。

「そうか。では、くれぐれも気をつけたまえ」

榎本は、残念そうに言うと、笑顔を残して去って行った。

「海軍一の美形で、秀才で、もっと威張った近寄りがたい人かと思っていたが、なかなかよい人なのだな」

本山小太郎が言った。そして、「俺は、なあ、伊庭。海軍の船で帰ってもよかったのだぞ」と、ポツンと付け加えた。


その後、八郎たち遊撃隊は大坂城を後にした。

淀藩、彦根藩が薩長軍に寝返り、帰路に当たる街道には敵の検閲が張り巡らされていた。幕府軍は、道などないに等しい険路に分け入って身を潜めながら江戸を目指す者と、紀州藩に落ち延び、そこから海路を使って江戸に戻ろうとする者に分かれた。

八郎たち遊撃隊は、負傷した者たちを優先しながら、敵情を探りつつ紀州藩へ向かった。

紀州藩は徳川家御三家。前将軍、徳川家茂の郷里である。

あるいは、紀州藩を頭にして薩長軍と戦えるかもしれないと願う幕府軍の期待もうっすらとあった。

八郎は、紀州へ続く街道を夢中で辿った。

怪我のことよりも、悔しさが勝っていた。その悔しさに励まされて歩いた。

それは、畏敬と好意を持って接してもらえた上洛時とは打って変わり、通りすがりの藩も、宿場も、終始冷ややかな態度であった。

幕府軍は、まるで落ち武者のように惨めであった。

天下の幕臣たちが、見る影もなかった。

雨が降った。

ぬかるんだ山野を歩く。

濡れるほどに体温が奪われていく。身体の冷えが、惨めさに追い討ちをかける。

街道沿いの馳走に舌鼓を打ち、時には酒盛りをして、意気揚々として辿った京への道は、苦い思い出に変わった。この冷たい雨の滴と、このぬかるみのようにひどかった。

徳川家の一声で、一斉に頭を垂れた諸藩は、もはや徳川のために微動もしなかった。同じ方向を向いて進んできていたつもりでいたのに、気がつけば、どの藩も同じ方向を向いてなどはいなかったのだ。

幕府が薩長軍に大敗した。その悔しい気持ちは、同じなのだと思っていた。諸藩も徳川家のために、すぐにも立ち上がるものだと思っていた。だが、そんな期待に反して、徳川家に味方する藩は、あまりにも少なかった。みな掌を返したように冷たくなった。

風向きが変わったのだ。

強き者に傾くのが、世の人の心の常だとしても、今まで徳川家に受けてきた恩恵までをすっかり反故にされると、節操のなさに怒りより情けなさの方が強くなる。

親藩彦根藩の後、御三家筆頭の尾張藩が、悪びれもせず薩長軍に寝返ったという。いや、前々から尾張公は、長州征伐にも乗り気ではなかった。一度目の長州征伐の総督を任された頃から、水面下で長州征伐を中止させる運動を画策しているという噂があった。御三家筆頭の尾張藩が、本家である徳川家に違反するような行為をしていたことが、すでに問題であったかもしれない。それに、尾張公は、京都守護職と京都所司代を勤める松平容保、定敬の実兄なのである。

敵の影は、いつの間にか、手中の奥深くにまで巣くっていたようだ。

幕臣たちが必死の思いで辿り着いた紀州藩には、海軍奉行の勝海舟が手配した夥しい船が接岸されて、幕府軍の到着を待っていた。だが、ここでも、巻き返そうという目論みは霧のごとくに消えてしまった。

紀州藩は、薩長軍に恭順の姿勢を貫くことに決まっていたのだ。幕府軍をしぶしぶながらも受け入れたのは、そっくりそのまま江戸へ帰すためであった。徳川家の親戚としての、せめてもの温情を示したわけだ。

「またしても、御三家が寝返ったか」

八郎の悔しさは倍増した。

江戸に残る者

二月半ば頃には、幕府軍のほとんどが江戸に戻っていた。

勝海舟が紀州藩に続々と船を送り、それを使って江戸へ戻ってきた者たちが多かった。真っ先に逃げ帰っていた徳川慶喜は、待ち構えていたように徹底抗戦を進言した小栗上《おぐりこう》野介《ずけのすけ》を罷免すると、江戸城ではなく上野にある東叡山寛永寺に自ら引き籠り、ずっと謹慎の姿勢を貫いていた。

寛永寺は、家康、秀忠、家光の、三代将軍に仕えた天海上人《てんかいしょうにん》が、寛永二年に開山した徳川将軍家の菩提寺であった。

そこで謹慎することは、徳川家の、これ以上ない誠実さの意思表示になるに違いないと、慶喜はそう計算したのだ。朝廷に謀反の意志なしという姿勢を世に示し訴えることで、徳川家だけは、いや自分だけは無傷であれと願ったのだ。

遊撃隊は、見回り組とともに慶喜の警護に当たっていたが、そんな小賢しい誤魔化しで済むはずはないと予感していた。

帝が用意しておられたという将軍征伐の詔《みことのり》には、「将軍に政権を返上させろ」ではなく、「将軍を即刻殺せ」と命じられていたからだ。

薩長軍が帝に忠誠を捧げているというのなら、薩長軍の狙いは徳川幕府ではなく将軍にあるということになるはずであった。

だが、それは薩長軍の目指す倒幕への建前に過ぎない。詭弁というものだ。しかし、その詔が存在するお陰で、薩長軍は堂々と幕府と戦えるのである。

薩長軍は、京で幕府軍を退けると、早々と江戸に向かっていた。それも、薩摩藩と長州藩だけではなかった。薩長に味方する諸藩も兵を出し、続々と加わっているという。

真っ先に寝返ったのが、京に一番近い淀藩であった。淀藩は、幕府に応援の兵を出さなかったばかりか、淀城の城門を締め切り、幕府軍が逃げ込むことさえ拒んだ。そのため、淀の地で命を失った幕臣は多い。

次に寝返ったのは彦根藩であった。

彦根藩は、徳川四天王と謳われた井伊直政《いいなおまさ》より続く徳川家の親藩である。三河魂を受け継ぐ最たる存在であった。しかし、井伊直弼《いいなおすけ》が桜田門で討たれてから井伊家は精彩を欠いていた。あるいは、徳川家のために、藩主が犬死になったと怨んでいたのかもしれない。

そして、彦根藩が幕府に掌を返したことで、追随する藩が勢いづいた。

東海道、中山道、各街道筋から幕府軍残党を追って薩長軍が江戸へ迫って来る。

薩長軍は、軽やかな洋装に身を包み、楽隊を先頭に、まるでペリーが上陸した時さながらに江戸への進路を取っていた。ペリーと違っていたのは、それが行進ではなく、武器を帯びた行軍であるということだ。

薩長軍の、足軽にいたるまで銃を担いでいる。

「拙者は、どこどこ藩の何某《なにがし》である。いざ、尋常に勝負」

甲冑具足に身を包み、互いに名乗りを上げて、剣や槍を交える戦いは、もう通用しない。

敵を見たら、即座に銃で撃ち殺すだけなのだ。

相手が、どこの誰でも構わない。一瞬にして殺す相手の名前など知る必要はない。敵であればそれでよい。時には味方を、うっかり撃ってしまっても気にしない。

一人を倒すより、一人でも多く、より大勢を倒した方が勝ちなのだ。

彼らの展開する戦とは、そういうものだ。

大政奉還をしたのだ。

将軍は、政権を返上した。徳川将軍は、国家に対して何の実権も持たない。ただの一藩の藩主である。しかし、それが、この国家で最大の藩となれば、権力を持たずとも、倒さなければならない脅威になることは否めないのかもしれない。

しかし、無駄な血を流さず、穏便に手を取り合う方法はいくらでもある。

だが、薩長軍は、徳川家の息のかかった人間は、一人残らず殺さなければ意味がないとでも思っているかのようだ。

「薩長原《ばら》はあくまでも我々と戦う気でいやがる。長州藩はともかく、こと薩摩藩に至っては、幕府に受けた厚い恩恵をすっかり忘れた狼藉だ。無礼の刑とはこのことだ。親に刃向かう行為にも等しい。そもそも奴らにあるのは、ひねくれた私恨のみだ。捻じ曲がった憎しみだけなのだ。そんなものに、我々が屈してどうする。このまま、おめおめと、賊軍の汚名を着せられたままで黙っているのか。断固、奴らを江戸に入れてはならぬ」

遊撃隊が集った中で、八郎が怒りを露わにした。

「そうだ。その通りだ。奴らの、江戸への進軍を今すぐ止めさせよう」

人見勝太郎《ひとみかつたろう》が言った。彼も遊撃隊隊長の一人である。

人見は、徳川家茂に儒学を教授したことがある英才である。鳥羽伏見や大坂城からの引き上げ時に、負傷した仲間を一人残さず助けた仁の人である。また、京で生まれ育ったという自らの境遇を生かして、言葉を巧みに操り、淀、彦根藩士などの兵士に紛れ込んで薩長軍の状況を探ってきた。

大坂からの引き際に、まさに八面六臂の大活躍をしていた。

知力に長けたつわものなのである。

「伊庭、それについて、俺に考えがあるのだ」

人見が言った。

「どうやって阻止する気でいる」

八郎が問いかける。八郎も、人見には一目置いていた。

「なあに、下手な策は弄しない。正々堂々、薩長軍と交渉を持つのさ。こちらが筋を通せば、向こうも応じるしかあるまいという道理だ」

「というと」

「まあ、俺に任せておけ。今、掛川藩に薩長軍が駐屯している。と言っても、まだほんの先鋒隊がいるだけの話だ。人数もたいしたことはないだろう。こちらの出方次第では、案外うまく牛耳れるかもしれぬ。俺が、江戸への進軍を止めるように記した嘆願書を持って交渉に行ってくる。うまく手懐けることができれば儲けものだ。薩長本隊とも掛け合える道筋ができる」

人見は、自信満々に言い切った。

「なるほど。では、交渉はきみに任せよう」

「是非とも、そうしてもらおうか。伊庭のような、目に勢いのある男が出向いて行っては、火に油を注ぐことになりかねない。交渉は、話し合いだからね。俺の方が向いている。何としても、敵の江戸への進軍を食い止めねばならないのだから、俺がうまくやってみせる。まあ、待っていてくれ。必ず、よい結果を持って帰ってくる」

人見は、落ち着いた声で自分が考えていた作戦を打ち明けた。

八郎は、人見は頼りになると思っていた。

以前は、何となく格式張っているだけの堅物だと思っていたが、大坂からの引き際の、身のこなしが意外なほど軽やかで抜け目がなかった。その手際のよさに、怪我をしていたせいで思うように動けなかった八郎は、感動すら覚えていた。

今後、薩長と戦うためには仲間が要る。それも、心から信頼できる同志が必要なのだ。人見は、頭が切れるだけではなく、冷静で人情に厚い男なのだ。この先、手を組んでいく相手として申し分がなかった。だから、密かに八郎は、人見に白羽の矢を立てていたのである。

人見も同じことを思っていたのだろう。遊撃隊での話し合いが終わった後で、「伊庭。これからもよろしく頼む」と、八郎に手を差し出してきた。

「ああ。よろしく頼む」

八郎も、快く応じた。

人見は、薩長軍への嘆願書を手に、薩長軍の先鋒隊と交渉するために掛川に出向いて行った。そして、正々堂々と薩長軍先鋒隊の参謀である海江田武次《かいえだたけじ》、木梨精一郎《きなしせいいちろう》らとの接触を試みた。だが、相手がそれに応じることは一切なかったという。

「無念だ。期待を持たせて悪かった」

戻ってきた人見は、そう言って肩を落とした。

「気にするな。やはり、戦うしかない相手なのだ」

八郎は、人見を慰めた。

正攻法では埒が明かない相手なのだ。無法者には同じ手で立ち向かうしか道がない。

もはや一戦あるのみ。

だが、戦う意志は持っていても、幕臣としての立場で戦うわけにはいかない。徳川家から薩長への応戦命令は下っていなかった。

しかし遊撃隊が動けば、必然的に徳川家の命令で動いたことになってしまうのだ。

だから遊撃隊は、幕府に内密で決起する狼煙を打ち上げることにした。すでに、こちらも身軽な洋装に身を固めていた。袖に遊撃隊の証である日の丸模様を縫い付けている。官軍でこそないが、国家のために戦う気持ちでいる。

それに、江戸は将軍のお膝元だ。いや、将軍はもう江戸城にはいないが、江戸城は徳川家の聖地である。家康公が、海を埋め立て、普請を重ね、体裁を整えた八百八町の江戸の町である。以来、二百六十年もの間、栄え続けてきた日本の要でもある。たとえ政権を引き渡したとしても、その歴史までは渡せない。ここは徳川家の所領なのだ。

薩長軍に担ぎ上げられて、朝廷が政治を進めたいのなら、京でやれば済むことだ。わざわざ帝に江戸まで足を運ばせることなどないではないか。この戦自体に巻き込むまでもなかろう。

それに、内戦は、諸外国に狙われている日本の勢力をいたずらに削ぐことになる。今ここでうまく折り合いをつけなければ、諸外国に容易く牛耳られてしまうのがおちだ。

それが分かっていても、薩長は、どちらかが完全にこの世から消えるまで、戦争を続けるつもりなのだろうか。

「誰が進んで賊徒の汚名を受けたいものか。この国家のために血の出るような努力を重ねてきた結果が、その汚名を被ることなのか」

八郎は、それでは無念やるかたないと思った。

そうなれば、もはや戦う以外に、一方的に受けた屈辱を晴らす術はないのだ。

「遊撃隊が薩長と戦う時は、徳川家を抜ける時だ。それでもよいか」

八郎は、隊士たちに念を押した。

「ああ。断固、戦うのみだ」

「俺たちは、戦うぞ」

「どこまでも隊長に付いて行く」

力強い返答が返ってきた。

「よし。それでは、奴らの進軍を待っているだけでは癪だからな。その時が来たら、こちらから出向いて行ってでも返り討ちにしてやろうではないか」

人見は、嘆願書の一件から、薩長の奴らは話にもならない相手だと憤っていた。

遊撃隊の心は、結束していた。薩長軍が江戸に入ってくるまで待てそうにないほど闘志を燃え滾らせていた。

江戸城内では連日、徹底抗戦派と、恭順派に分かれ、幕臣たちによる喧々囂々《けんけんごうごう》の火花が散らされていた。その頂点に祭り上げられていたのが、勝海舟である。

勝は、毎日江戸城で繰り広げられる舌戦を、一人上段に座して、腕を組み、目を閉じて、ただ黙って聞いているだけだという。

遊撃隊は、新撰組と交代で上野にいる慶喜の警護を続けていた。

新撰組は富士山丸で江戸に帰ってきていた。海軍への乗船の交渉を土方歳三がしたというが、生まれ持った如才のなさで、いつの間にか榎本武揚とも知己を結んでいるようだ。怪我をしていた近藤勇を庇っての、必死の工作であったのだろうが、陸軍の乗船を拒否していた海軍に乗り込んで帰ってくるとは、相も変わらず凄い手腕だ。

「新撰組は、この後、どうするのだ」

八郎は、土方に聞いてみた。

「さあ」

八郎の問いに、土方は明確には答えなかった。彼は、徳川家のためではなく、近藤勇のために生きている。これからも、近藤の動くままに従ってゆくつもりなのだろう。

「俺たちは戦う」

八郎は言った。

「それは、もちろん。我々も戦うさ」

それでも、八郎たちと一緒に戦おうとは言わない。

土方は近藤のために戦うからだ。

やがて、江戸に入ってきた薩長軍の先鋒隊より、徳川慶喜の処断が決まったと水戸での謹慎を言い渡してきた。

その決定を受けて、遊撃隊は当然のことながら、慶喜に従い水戸入りすることになった。

しかし、八郎たちはすでに徳川家を脱走して薩長軍と戦うことに決めていた。

このまま水戸へ随行すれば、江戸に入ってくる薩長軍を黙って見過ごすことになってしまう。それでは、遊撃隊が戦うことに決めた意味がなくなる。何より、水戸に引き籠って謹慎する慶喜を守ることに確固たる意義を見出せなかった。

遊撃隊としての仕事を全うするなら水戸へ行くべきなのだろう。しかし、自分の誇りのために生きようとすれば、江戸に残って戦う道を選びたかった。

水戸に向かう者と江戸に残る者。

遊撃隊は、ここで分裂を余儀なくされた。

八郎は、水戸へ行くことを選ばなかった。どこまでも薩長軍と戦うつもりであった。

京で受けた傷は癒え、胸の痛みはもうすっかりなくなっていた。どれほど過酷に身体を動かしても、何ともないのだ。今こそ、磨きに磨いた剣の腕を見せる時だと思った。いや、剣では、薩長軍の持つ銃や砲弾には適わない。

だが、こちらには無傷の海軍がいると八郎は思っていた。

天下無双の開陽丸がある。

海軍と力を合わせれば、十分に勝てると踏んでいたのだ。

慶喜が水戸へ出立する日がきた。

慶喜を警護しながら上野を出発した遊撃隊は、千住大橋で、そのまま水戸に向かう者と江戸に残る者とに分かれた。

駕籠に乗っている慶喜に気づかれないように、黙って二手に分かれた。

お互いに、もう会うことはないのだろうと思った。

海軍と合流

四月十四日。

江戸に残ることに決めた遊撃隊は、海軍と合流するために品川へ向かった。それは八郎の隊と人見勝太郎隊を合わせた三十人余りであった。

海軍と協力することに難色を示した遊撃隊士たちは、他の陸軍部隊とともに彰義隊を結成し、再び上野に向かった。

寛永寺は、幕臣たちにとって最後の砦、心の拠り所であった。東照宮もある。もちろん、家康公の墓所は日光にあった。そのため、日光東照宮に向かった幕臣も大勢いた。

しかし、八郎たちは品川を目指した。

江戸では、鳥羽伏見の戦争で出番がなかった海軍が、やる気満々で戦闘準備を整えているという噂で持ちきりになっていた。海軍には巨艦、開陽丸がある。薩長軍が束になっても敵わない最新鋭の軍艦である。

それにもともと、海軍の軍艦操練所は講武所の配下にあった。ともに後進を育てるために力を合わせてきた仲間である。

陸軍には、別に西洋方式を取り入れた伝習隊が横浜にあったが、剣術に重きを置いてきた講武所とは一線を画していた。

伝習隊は、早々に、大砲を引いて江戸を脱出したという。

遊撃隊は、江戸に先行してきている薩長軍と鉢合わせないように海軍の停泊している品川へ向かった。コソコソと身を潜めながら動くのは性に合わないが、江戸の民をこの戦いに巻き込むわけにはいかない。

古来より、武士は農民や町民、商人たちを戦に巻き込まないように心を配ってきた。田植え期や収穫期には戦争を中断して待った。

無闇に、無益な血は流さない。それは、犬猫などの獣にしたって同じことだ。武士の誇りにかけて、面白がってやたら命を摘み取るようなことはしないのだ。

だから試し斬りや、酒の上で剣を振るうのは、単なる未熟者である。そういう輩を武士とは呼ばない。

遊撃隊は、ことに選り抜きの、武士の中の武士の集まりであると自負している。将軍を直接警護する奥詰には、夥しい数の吟味の選別があった。剣の腕が一流であるだけでもいけない。頭脳明晰、加えて容姿端麗であること。家柄のよいこと。細かな吟味点を挙げればきりがないほどあった。その熾烈な振り分けを掻い潜った「選ばれし者たち」だけが将軍を直々に護ってきたのである。人一倍、誇り高き集団であると言っても過言ではなかった。

品川港には、幕府艦隊が整然と並んで停泊していた。ひときわ巨大な艦が、榎本武揚がオランダで造ってきた開陽丸である。他に回天丸、蟠竜丸、富士山丸、朝陽丸などがずらりと居並んでいる。まさに壮観であった。

遊撃隊は、満足そうに頷き合って開陽丸に近付いた。この海軍があれば、薩長軍など容易く蹴散らせると思ったのだ。

「我らは遊撃隊である。海軍とともに戦うつもりで参上した」

人見の口上を聞いて、海軍副総裁の榎本武揚が自ら駆けつけてきた。

「やあ、よく来てくれた」

榎本は、満面の笑みを浮かべて八郎の手を取った。

「伊庭くんたちも、てっきり、一ッ橋の連中と一緒に上野に行ったかと思っていた」

彰義隊二千人の内訳は、慶喜への処断に不服を唱える一ッ橋家の奉行や同心が中心になっていた。一ッ橋家の名誉のために、武士としての意地を見せたのだ。その心意気に感じ入った遊撃隊や新撰組などの幕臣が続々と参加したのだ。

榎本は、そのことを口にした。

「俺たちは、海軍と一緒に戦おうと思って来ました」

八郎は、笑顔で言った。

「そうか。本当によく来てくれた」

榎本は、感激したように、一人一人と握手を交わしてから開陽丸に迎え入れた。

巨大な軍艦は、あらゆる戦闘を想定して、どんな状況にも対応できるように設計されていた。

最新式の砲台が並び、どこを見ても日本随一の軍艦である。搭載されている砲弾の数も半端ではなかった。

帆は、人が帆柱を昇り降りしなくても、自動で張ったり、畳んだりできるのだという。煙突も自在に伸び縮みするそうだ。海水を真水に変える装置も装備されていた。

さすがに英才揃いの海軍が自慢する主要艦である。

海軍総裁の矢田堀鴻、副総裁の榎本は言うまでもないが、海軍には噂通りの凄い面子が揃っていた。

開陽丸の機関長を勤める中島三郎助《なかじまさぶろうすけ》は、浦賀奉行所の与力出身だ。長く海防に携わってきた中島は、勝海舟をも凌ぐ実力を持つ海軍の第一人者として名高い。ペリー来航時には、日本代表としての大役を担って、真っ先に黒船に乗り込んで交渉に当たったのは有名な話である。日本初の軍艦、鳳凰丸を造った男でもある。長崎伝習所では、榎本の教官を務めていた。すでに与力職を二人の息子たちに譲って現役を引退していたのだが、榎本に請われて開陽丸の機関長として海軍に復帰していた。

海軍総司令官の荒井郁之助《あらいいくのすけ》も、旗本、御家人のみが通うことを許されていた昌平校で、成績優秀者に与えられる褒美を独り占めにしていた幼い頃から有名な秀才である。八郎も何度か褒美を貰ったことがあったが、全科目を総なめというのは後にも先にも荒井くらいだろう。天文航法など海軍全般の知識も豊富で、英語、オランダ語、数学、物理、西洋砲術に長け、小栗上野介が主宰した横浜の陸軍伝習所にも一時期だが籍を置いていたことがあったという。海陸両用の知識を併せ持つ傑出した人物であった。

他にも、開陽丸副艦長の澤太郎左衛門《さわたろうざえもん》も長崎伝習所とオランダ留学組。

蟠竜丸艦長の松岡磐吉《まつおかいわきち》も、西洋砲術の韮山塾出身の長崎伝習所卒業生だ。

以前、本山小太郎が、海軍に剣士はいないと言い切っていたが、実は有名道場の目録や免許皆伝を持つ者がゴロゴロいる。

挙げればきりがなかった。

みな、そうそうたる顔ぶれなのである。

ところで、総裁の矢田堀は薩長軍と戦うことを降りてしまったというので、実質は榎本が海軍総裁のようなものであった。

榎本は、開陽丸の中を一通り案内し終えると、艦長室に遊撃隊を招き入れ、早速本題に入った。

「私に考えがあってね。それに、きみたちが加わってくれれば、すぐにでも実行に移せる。いやぁ、実によい時に来てくれたよ」

榎本が、八郎たちを大歓迎した理由はそこにあったようだ。

彼が考えていたのは、いかに効率よく一時にして敵に衝撃を与えるかという、英才らしく才気に長けた作戦であった。だが、実行に移すためには陸軍部隊の協力が必要不可欠であったのだ。それも強ければ強い隊であるほど榎本にとっては申し分がなかった。

そこで榎本は、どうにかして遊撃隊を海軍に呼べないものかと思案していたのだという。ちょうどそこに具合よく、八郎たちが現れたというわけなのだ。

「まさに天運我らにありだ」

榎本は、海軍を薩摩と長州と芸州の三箇所に分けて出動させ、同時に一斉攻撃する作戦を考えていたと言った。

「薩長は、海から攻撃が来るとは思っていまい。慌てふためくぞ。それに今、奴らの国許は空っぽだ。そこを乗っ取ってしまえば、奴らは江戸を攻めている場合じゃなくなる」

榎本は得意気に打ち明けた。

「なるほど。それで、我々の出番はどこにあります」

八郎が聞いた。

「うむ。芸州には、開陽丸が行く。そこに、遊撃隊も一緒に乗って行ってもらいたい。そして遊撃隊は上陸して、どこか近くの城を根城に、薩長が国許に戻れないよう阻止して欲しい。なあに、街道で思う存分に暴れ回ってくれればよいのだ。その間に、我々が奴らの国許をぶっ潰してやる。ともかく陸は遊撃隊に仕切ってもらう。遊撃隊の腕の見せどころだよ。期待しているよ。何と言っても、遊撃隊は奥詰出身の精鋭部隊だ。日の本一強い剣客集団だからね」

「それは面白いですね。是非とも我らに任せてもらいたい」

人見勝太郎が身を乗り出した。京からの、どこの、何を思い出しても悔しいのだ。人見は、とにもかくにも薩長を「ぎゃふん」と言わせてやりたくて仕方がないのだ。

「ああ、やってやろうじゃありませんか」

八郎もワクワクしてきた。

「だが、それにはもっと大勢の仲間が要ります。我々三十六人ではとても足りません」

人見が言った。

「それもちゃんと考えてある。ひとまず館山に落ち着こうと思う。堀田氏の佐倉藩、古河藩など房総には佐幕意識の高い藩が多い。そこで同志を募って、遊撃隊が指揮を執ってくれれば理想だ」

「それはよい考えです。榎本さん、では早速行きましょう。陸のことは、我々に任せてくださって大丈夫です。なあ、伊庭」

人見は、もう勝ち馬に乗ったつもりでいる。

「そうです。俺たちに任せてください」

八郎も、請け負った。

遊撃隊を乗せた開陽丸は、品川から下総にある館山に向かった。江戸湾は、穏やかで波一つ立っていない。開陽丸は、その海上を滑るように進んでいく。これだけ大きな艦になると、揺れもほとんど感じさせない。

開陽丸に続いて、回天丸も蟠竜丸も次々と館山を目指した。

幕府艦隊が、悠々と航行していく様子は、ペリーの黒船艦隊に少しも見劣りしなかった。

「房総中に、やむなく息を潜めている佐幕派の連中も、この海軍の勇姿を見たら、是非とも自分たちも仲間に加えてくれと続々と名乗り出てくるだろうな」

人見が八郎に言った。声が弾んでいる。

「ああ。早く戦いたいな」

八郎は、無意識に胸を押さえながら返事をした。そして、「ここに食らった砲弾のお返しをしなくてはな」と、思った。

「そうだな」と、人見が応えていた。

勝の説得

房総半島の南西岸に位置する館山湾は、小さな漁港である。対岸に三浦半島が見える。幕府艦隊が並んで停泊すると、一気に趣が変化した。

回天丸だけが、館山港に接岸せずに浦賀水道を巡回している。海軍の旗艦なのだそうだ。乗船している海軍総司令官の荒井郁之助と艦長の甲賀源吾《こうがげんご》は、強い絆で結ばれていた。海軍総裁の矢田堀鴻は抗戦派から離脱したそうだが、荒井はその血の繋がった甥にあたり、また甲賀は矢田堀の愛弟子であった。そんな縁で、二人は兄弟のように仲がよかったのである。

そして榎本武揚は、荒井のことを、自分の片腕のように信頼しているようであった。

「それで、いつ実行に移すつもりですか」

榎本に、人見勝太郎が性急に聞いている。人見がせっかちなのではない。わずかな時間も惜しいのだ。

これから同志を集めても、即戦力にはならない。いくつかの隊に分け、態勢を整え、隊士の士気を一つに纏めるのには、それ相応の時間が必要であった。

それらを、薩長芸州に襲撃に向かう期日に合わせて調整するためだ。

「そこのところは私にもよく分かっているつもりだ。伊庭くんや人見くんの都合に、こちらが合わせるよ」

榎本は、遊撃隊の仕上がり度合いに任せると言った。

「分かりました」

八郎と人見は、ほとんど同時に頷いた。

「そうだ。榎本さん。幕府海軍の威力を、房総の連中に示してやってくれませんか」

八郎は、示威運動のために軍艦から大砲を撃ってくれと榎本に頼んだ。

「それはよい。榎本さん。是非そうしてください。何も開陽丸でなくても構いません。海軍ここに在りということを示してくれればそれでよいのです」

その方が、人を集めやすくなると人見も八郎の案を支持した。

「よし。やろう」

榎本は快諾して、軍艦大江丸から数発の大砲を撃たせた。

もちろん、空砲である。だが、爆音が轟くと、すぐに浜辺に人だかりができた。

示威運動は、実りあるものになった。

「これで、人を集めやすくなった」

八郎たちは喜んだ。

しかし、海軍に、遊撃隊が参加したという噂は、あっと言う間に世間に広まったようだ。

品川から館山に移動していく海軍艦隊を見て「いよいよ、海軍が動き出したぞ」と江戸中が騒ぎ始めたのだ。そこへ、大江丸の大砲騒動である。

「海軍と遊撃隊が江戸から薩長を追い出してくれる」と大騒ぎになった。

四月十六日の夕刻になって、勝海舟が館山を訪れた。

「おい、おい。早まっちゃいけねえ」

息せき切って駆けつけると、榎本の顔を見るなり、その腕をむんずと摑んでいきなり言った。もっとも、他人の都合より、自身の本題を先に捻じ込むのが勝の常套手段ではある。相手の出鼻を挫いておいて、力業に押さえ込むような言い負かし方をするのだ。

剣術にもそういう癖が往々にあって、八郎が何より彼を嫌う理由であった。

「おう、榎本。早まっちゃいけねぇよ。こりゃあ、よくねぇ。拙いぜ。時期尚早というものだ」

「勝先生。落ち着いてください」

榎本にとって、勝は長崎伝習所からの付き合いである。榎本は、昌平校時代でこそ首席を朋友の荒井郁之助に譲っていたようだが、長崎伝習所では他者に抜きん出た成績を収めていたそうだ。生徒から教授方に昇進したのは第二期生では榎本一人だけであったという。

ちなみに、勝と中島三郎助は第一期卒業生で、ともに教授方になっていた。海軍総裁であった矢田堀も同期である。

「江戸中が海軍と薩長の戦争だと大騒ぎだ。こいつぁ、拙いぜ。榎本」

勝の言うには、今下手に薩長軍を刺激するのはよくないのだという。

まだ、徳川家の処分が決まっていない。

早急に薩長軍と事を構えるより、落ち着いて状況を見極めてから動いても遅くはないのではないかというのだ。

「そうだろ。榎本。今下手に、薩長どもを刺激すれば、徳川家の心証が悪くなるってぇもんだ。だから、お前ぇたちが動きたいなら、徳川家への処遇が決まってからにしちくれ」

それで、納得できるような処遇が出ればよしとし、それが不服なら、それから不平を唱えるなり、事を起こせばよいではないかと言うのだ。

「榎本艦長。何も、その男の話を、黙っておとなしく聞いていることはないですぞ」

寡黙な印象がしていた中島三郎助が突然口を挟んだ。勝とは長崎伝習所の頃から、ずっと犬猿の仲なのだそうだ。

「うるせぇな。中島くんは黙っていてくんねぃか。俺ぁ、榎本と話をしてんだからよ」

「しかし、そのやりようでは、あまりに一方的に過ぎるじゃないか。そんな風にして、若者の意志を挫くものじゃない」

「そっちこそ。隠居者のくせしやがって、若者をたきつけるんじゃねぃ。老木は黙って枯れていやがれぇってんだ」

「なんだと。お前より二つばかり年が上なだけじゃないか」

「なんだよぉ。老木がぁ、喋るなぁ」

確かに、誰が見ても犬猿の仲に違いなかった。

「なんだか、妙な方に飛び火をしてしまっているようだが。榎本さんは、勝さんの勢いに丸め込まれそうな気配だな。どうする」

人見は心配そうに八郎に囁いた。

「そうなりゃ、俺たちだけでもやるか」

八郎が囁き返すと、人見は「もちろんだ」と大きく頷いた。

「なあ、榎本よ。よぉく、考えてくれ」

勝は畳み込むようにまくし立てる。考えろと言いながら、榎本に考え込ませない作戦のようだ。

榎本は、腕組みをしたまま「うーん」と唸った。

「なあ、そうしてくれ。榎本、江戸へ戻ってくれ。今回だけは戻ってくれ。ひとまずだけでよいから戻ってくれ」

間髪容れずとは、まさにこのことだ。これは、勝の泣き落としであった。

「……分かりました」

榎本は、落ち着いた声で言った。

「分かってくれたかぃ。榎本」

勝は、安堵したような声を上げた。八郎たちは、榎本がきっぱりと断ってくれることを期待していたのだ。だから、榎本の返答を聞いて、思わず「分かってどうする」と思った。

「確かに、勝先生の言われる通りかもしれません。徳川家の行く末を見届けてからでも挙兵は遅くはない。こちらの軍力が衰えるわけではないのですからね。分かりました。勝先生のお顔を立てて、いったん、江戸へ戻りましょう」

「おお。そうしてくれるか。榎本」

勝は、満面の笑みを浮かべて、榎本の手を取った。八郎たちの期待は、一気にしぼんだ。海軍からも溜め息が洩れた。遊撃隊は、それくらいでは治まらなかった。榎本に見事な肩透かしを食らったような気になっていた。

襲撃作戦をどうするのだと責め立ててやりたかった。

榎本のことを、とんだ見掛け倒しだと思った。

「遊撃隊のお前ぇたちも一緒に江戸へ戻ってくれ。心配するねぃ。遊撃隊の命の保障は、この俺がする。請け合うぜ。間違っても薩長に身柄を渡すようなことはしねぇからよ。頼む」

勝は、遊撃隊に深々と頭を下げた。

勝という男は、自分の目的のためなら他人に頭を下げることとぐらい平気の平左なのだ。

「我々は、海軍ではありません。ですから、貴殿の言うことを聞く立場にはない。我々の進む道は我々が決めます」

人見が毅然と言い放ち、遊撃隊は、断固として勝の求めには応じなかった。

「固《かて》ぇことを言うなよ。伊庭ぁ。お前さんたちの、その凄腕を、薩長に使われた日にゃ、治まるもんも治まらなくなっちまわぁ」

勝は泣きつくように言ったが、八郎たちの気持ちは変わらなかった。

武士の意地である。戦わずに降伏するなど天地が逆さまになってもできないことだ。いや、逆さまになったことはある。征伐する側が、征伐される側になってしまったことだ。

それがいったい誰の策略かと、犯人探しをする暇もなく、あれよあれよという間に追われる立場になってしまった。

降って湧いたような不条理に、従ういわれはなかった。

江戸へ帰港することに決めた海軍に対して、遊撃隊は海軍と離脱することを希望した。とりあえず、房総にいる同志を集めたいので、木更津辺りに降ろしてくれないかと持ちかけた。

榎本は遊撃隊の申し出を断らなかった。

小船を用意させせると、自ら遊撃隊を木更津まで送ると言い出した。

「海軍の副総裁どのに、船頭を引き受けていただくというのは、実にもったいない話です」

人見が言った。これは彼の精一杯の厭味である。

「残念だ」

榎本は、それだけ言った。榎本だって、考えに考え抜いた作戦を、すぐにも実行に移したかったことだろう。だが彼の立場が、どうしても勝に逆らうことができなかったのに違いない。

「理解して欲しい」

榎本は、言い訳のように付け足した。

やがて、木更津に上陸した遊撃隊は、榎本に礼も言わずに憤然として、振り返りもせずに先に進んだ。

榎本の船が遠ざかっていく気配がした。

八郎だけは振り返った。

それに気づいた榎本が、直立したままの姿勢で見詰め返していた。

潮の流れが内陸に向かっている時刻であった。榎本の乗った船が、開陽丸の方へスイスイと進んでいく。

八郎も、遠ざかっていく榎本から、じっと目を離さなかった。

第三章

人見の暴走

房総半島の中ほどに位置する木更津に入った遊撃隊は、さっそく借り入れた民家を根城にして、房総地方を治めている諸藩の藩主宛に文を送り、また道に立て札を立てたり、武芸道場に出向いたりして隊士募集に奔走した。

安房、上総、下総にいた、薩長軍に与することをよしとしない者たちが徐々に集まり始めた。上総の請西《じょうざい》藩主である林忠崇《はやしただたか》は、八郎たちの心意気に感銘を受け、家臣たち七十名を引き連れ脱藩してまで加わってくれた。一万石の大名が参加したのだ。その後も、続々と諸藩の藩士たちが集まった。遊撃隊への参加を見送った藩からは、武器や軍資金が届いた。

「風は、こちらに吹いている」

人見が明るい顔を見せた。

遊撃隊は、房総での対応に気をよくしていた。味方は多い。そう感じていた。

三百名近い大所帯になった遊撃隊は、薩長軍の江戸への進軍を食い止めるために東海道を目指すことにした。大量の武器弾薬も手に入っている。軍資金も寄せられた。参軍の掟も定まった。

「機は熟したな」

八郎は人見に向かって言った。

「ああ。海軍さんなしでも、俺たちだけで十分にやってやるさ」

人見は、勝の説得に屈した榎本のことをまだ根に持っているようだ。あれだけの軍艦を見たのだ。あきらめ切れない気持ちは分かる。

人見は、東海道で薩長軍の進軍を抑えてやれば、榎本の気持ちも変わるだろうと言った。その時は、仲間に加えてやってもよいと思っていると付け加えた。

「人見は、案外に執念深いな」

八郎は苦笑した。

「悪いか」

「別に構わん。それより、真正面から薩長軍と戦うとは言えまい」

「それもそうだ。向こうは官軍の名乗りを上げた。それに刃向かえば、咎を受けるのは我々になる道理はいかんともしがたい。しかし……」

人見は、八郎をじっと見た。

「伊庭。俺に、よい考えがあるのだ」

人見は、また何かそれらしい理屈を考えていたようだ。そもそも、こちらは大義名分がなければ大手を振っては薩長軍と戦えない立場になってしまっている。

「どう考えた」

八郎も、人見を見詰めた。

「こういうのはどうだろう。我らの決起は、尾張、紀州、彦根の三藩に鉄槌を加えるというものだ。裏切り者を成敗するというのなら、官軍に楯突くことにはなるまい。それを、こちらの大義名分に掲げるのだ。あとは、……そうだな。つい、うっかり間違えて薩長軍と戦ってしまったことにでもすればよい」

理屈は通る。だが、苦しい言い訳だ。

「まあ、苦しいこじつけだが。俺は、薩長と戦えるなら何でもよいや」

八郎は、人見に屈託のない笑顔を見せた。

「よし。では、それでいこう」

人見も笑顔を向けた。


閏四月十日。

遊撃隊は三艘の船を雇って、木更津を出た。館山から相模湾を横切り真鶴へ向かう。そこから北上した場所に位置する小田原藩に協力を求め、そこを根城にしようと考えていた。

そして箱根の関所を占拠している薩長軍を叩くのだ。

箱根の関所は箱根山中にある。小田原から四里十町、三島へ三里二十町。総して箱根八里と称されている。そして、小田原藩主の統治下に置かれていた。

真鶴に上陸後、遊撃隊は、すぐさま小田原城に使者を送った。しかし小田原藩は、官軍となった薩長軍をひどく恐れているようで、なかなか首を縦に振ろうとはしなかった。

協力するとも、しないとも言わず、曖昧な返答を繰り返すばかりだ。

これまでから、煮え切らない態度にはすっかり辟易してしまっている遊撃隊は、小田原藩の優柔不断さに呆れた。そして、それなら代わりに甲府城を押さえようと思い立った。

「せっかく隊も整ったというのに、この期に及んで、こんなところでぐずぐずと時間を無駄にしている場合ではなかろう」

「ああ。そうだ。今すぐ行動しないと、手遅れになってしまっては元も子もない」

「奴らの江戸への進軍を食い止めるのだ。一刻も争う」

「この際、東海道でも中山道でも同じことだ。薩長軍の進軍を止められるのなら、どちらでも構わないではないか」

甲府は天領だ。甲府城は、徳川家の城である。遊撃隊への協力を惜しむとは考えられなかった。

「それもそうだ。小田原は見送って甲府にしよう」

甲府へ向かう意志を固めた遊撃隊は、小田原から御殿場に移動した。御殿場に着くと、街道筋の宿場に落ち着いた。

ちょうど、そこへ山岡鉄太郎が通りかかった。山岡は、遊撃隊と同じ宿に馬を繋いで部屋を取った。

山岡は、江戸城を開け渡す条件として、江戸の町に一滴たりとも血を流さない約束を取り付けるために、これから掛川にいる薩摩藩の西郷隆盛に会いに行くのだという。

山岡は、八郎にとって因縁のある相手であった。そして、彼にも八郎には特別に思うところがあったようだ。彼は、血気はやる若者たちの暴走を何とか思い留めようと試みた。

「きみたち。こんなところに集まって穏やかじゃないな。何をするつもりでいる。今は、日本の随所で武士たちが薩長軍と事を構え、何かと騒ぎを起こそうとしているようだが。徳川のためを思うなら、恭順してもらいたい。きみたちは、優秀な奥詰衆ではないか。私の言っていることが分かるな」

「山岡さん。俺たちは、やすやすと長いものに巻かれるほど腰抜けではありません。薩長の奴らに、目に物を見せてやりますよ」

八郎は言い切った。

「きみたちの気持ちは分かる。しかし、もはや義を尽くすべき将軍はいないのだ。徳川は、ただの一藩に成り下がった。徳川の時代は終わったのだ」

「終わらせない。山岡さん。俺たちが終わらせません」

「無念だが、終わったのだ。冷静になりなさい。潔さなぞの通じる相手ではないのだ。石を抱きて淵に入るような真似をしてはいかん。無駄死ににになるだけだぞ」

「何と言われようと、俺たちはもう決めたのです」

一歩も引かない八郎たちに、山岡は根負けしたように首を振った。

「どう言っても駄目か。それで、……これからどこへ行くつもりなのだ」

「俺たちは甲府へ行きます」

八郎たちは、正直に目的地を告げた。

「それは、遅かったな。甲府は薩長の手中に落ちたぞ。甲府城を取りに行った新撰組が敗退した。手も足も出なかったそうだ。なあ、意地を通して刃向かうことがよいことだとは思わない。きみたちも私と一緒に来なさい。きみたちの武装は、私の護衛だということにすれば済む話だ。よいか。私が全ての責任を持つ。一緒に来なさい」

山岡は、しきりに同行することを薦めた。

「山岡さんとは同行できません」

「駄目だ。とても見過ごすわけにはいかない。このままでは危険すぎる。きみたちは目立つ。どこに薩長の間者が潜んでいるかしれないじゃないか。すでに目を付けられていることも十分にあり得るのだ」

「俺たちは、そんなことは少しも恐れません。目を付けられて結構。奴らが襲ってきたら、手間が省けて好都合というもの。むしろ願ってもないことです」

山岡と遊撃隊の話は、平行線のまま、永遠に交わることはなかった。

「そうだ。山岡さんに頼みがあります。これを奴らに渡してください」

人見は、裏切り者の尾張、紀州、彦根藩を討つという嘆願書を、山岡から薩長軍に提出してくれるように頼んだ。

そして遊撃隊は、山岡に敬意を示して別れの道を選んだ。

「伊庭くん。死に急ぐなよ」

山岡は、遊撃隊から託された書面を握り締め、八郎に向かってなおも声をかけた。剣を合わせた者としての思い入れからだ。

「いいか。死ぬんじゃないぞ。きみは、私との決着がまだついていないのだからな」

「あれは、山岡さんの勝ちでしたよ」

八郎は涼やかに言った。

「いいや、私は引き分けたと思っている」

山岡は、去りがたそうに八郎に言った。

「では、改めて言いますよ。山岡さんの勝ちでした。俺は、一撃も返せませんでしたからね。それより、どうか、お気をつけて。くれぐれもご短慮なきよう」

山岡は頭に血が上りやすい。西郷との交渉が決裂すれば、敵陣中でも構わずに刀を抜くかもしれない。だから、八郎はそう付け加えた。

「他人の心配なぞ、しなくてよいのだ」

山岡は、ブツブツと呟きながら馬上の人となった。

遊撃隊は、しばらく御殿場に留まって薩長軍からの返答を待ったが、嘆願書は梨の礫《つぶて》であった。

礼節という言葉は、彼らにはないらしい。

確かに、武士の粋な計らいが美談を醸した時代が過ぎようとしている。それが、どうあがいても泳ぎ切れない流れであろうとも、逆らうしかないと八郎は思っている。

渡り切れないはずがないと思う。

渡る意志がある者には……。


遊撃隊が向かうつもりでいた甲府は、すでに薩長軍に取られてしまったようだ。

甲府をあきらめた遊撃隊は、伊豆韮山へと進路を変えた。そこは、韮山代官である江川《えがわ》太郎左衛門《たろうざえもん》が西洋砲術の韮山塾を開いていた場所である。幕府や諸藩の多くの英才たちが学んだ場所であった。人見も韮山塾の卒業生である。

海軍施設が長崎から築地に移った時に、韮山塾も築地の近くに移転していた。しかし、韮山はもともと幕府との繋がりの濃い土地である。

そこに頼みの綱をかけていた遊撃隊であったが、軍資金だけしか手に入らなかった。

「やはり、小田原を押さえるしかなさそうだな」

八郎は、行き場所が徐々に狭まって、じわり、じわりと身体の自由が奪われていくように感じた。

「そうだな。もう小田原しかない。小田原が、まだ煮え切らなければ、強制的に占拠してでも協力させよう」

人見が言った。

「そうだ。兵は拙速という。もはや四の五の言っている時間も惜しい。すぐに決行しよう」

林の殿様も同調し、遊撃隊は再び小田原に向けて進路を変えた。

上野に立て籠もっていた彰義隊が、薩長軍と戦端を開いたという情報が入ってきたのは、そんな時であった。

薩長軍の砲台が寛永寺をぐるりと包囲し、彰義隊は袋の鼠。戦況は、彰義隊に不利な状況が濃厚のようであった。

彰義隊の中には、千住大橋で別れた遊撃隊の仲間がいた。

彰義隊の隊長の一人に収まっている春日左衛門《かすがさえもん》と人見は特に仲がよかった。

「あいつら、やってくれたか。我々も、うかうかしていられないな」

親友の安否より、こちらが彰義隊に出遅れたことが悔しいかのように人見が言った。

八郎は、そんな人見の言動に「おや」と思ったが、ここから上野に駆けつけるわけにはいかないのだ。

「だったら、こちらで、彰義隊の応援になるような動きができればよいのだが」

八郎は、せめて彼らの援軍になるような行動を起こしたいと提案した。

「そうだ。それはよい考えだ。この機を逃す手はない。こちらでも戦争を始めてやれば、薩長を攪乱できるぞ。何も、加勢することだけが援軍ではないのだ」

人見が膝を打った。

「なるほど。同時に、こちらでも戦争を起こすか。それが一番手っ取り早いな」

八郎は、さすがに人見だと思った。

「よし。回りくどい作戦は、もう止めだ。小田原などどうでもよい。当初から目的の箱根の関所を占拠しよう。箱根の関所を我々の手中に収めるのだ。そうすれば、もう一兵たりとも薩長軍は江戸へは入れない。彰義隊が江戸を、我々が箱根の関所を押さえるのだ。江戸へ進軍できず援軍も送れない。となれば、薩長軍はもともと諸藩が入り乱れているのだ。一枚岩ではなくなる。思うようにいかなくなれば、内部にイライラが募る。さすれば、必ず仲間内でいざこざが起こる。奴らを自滅させることもできる。よし。そうと決まったら、箱根へ行こう。諸君。それで、よいな」

「それで、よいな」のところで人見は、遊撃隊を見回し、有無を言わせないほどの力を込めて声を張り上げた。決まったのではなくて、人見が決めたのだ。だが、みなその勢いに気圧されていた。

「よし。それでは、箱根へ行こう」

八郎も声を上げた。

人見の意見に異存がなかったからだ。

遊撃隊は、小田原から箱根にまた進路を変えた。箱根の関所には、すでに薩長兵が駐屯している。そこを通ろうとする幕府軍を捕まえるためだ。いや、捕まえるというのは語弊があった。みな捕まる前に有無を言わさず殺されていたからだ。

激しい戦いが予想された。しかし、それこそ願ってもなかったことだ。遊撃隊は、幕府軍の意地を見せてやると意気込んでいた。

夕刻から雨がひどくなってきたので、遊撃隊は、明朝出立する準備を整えて早めに眠りについた。


翌朝は晴れた。

だが、人見勝太郎が、各隊長宛に一通の文を残して消えていた。消えたのは人見一人ではない。人見隊の五十人がそっくり消えたのだ。

文には、勝手な行動を取って済まないが、とても朝まで待てない。いても立ってもいられないから夜のうちに出発するということが書かれてあった。

人見の性格を考えれば無理もなかった。冷静さを装っていたが、やはり親友の危機に気が気ではなかったのだ。

「……そういうことであったか」

八郎は、昨日の人見の様子に納得した。

かなり無理をしていたのだろう。本心は、すぐにも上野に駆けつけて行きたかったに違いない。だから、少しもじっとしていられなかったのだ。彰義隊のことが気になって、気が気じゃなくて、朝になるのさえ待っていられなかったのだ。

「これは、抜け駆けじゃないか。許せん。参軍の掟に反している」

林忠崇が気色ばんだ声を上げた。

「逸る気持ちは分かるが、たった一隊で突入するとはあまりに短慮だ。隊長としてあるまじき行為だ」

「そうだ。規律違反だ」

「仮にも一番隊長が率先して参軍の掟を破るとは、遊撃隊もおしまいだ」

口々に、人見の取った行動を非難する声が飛び交った。

「待て」

八郎が止めた。

「人見を非難するのは勝手だ。人見の取った行動は、確かに掟破りだ。しかし、今我々が人見隊を失ってもよいかどうかを冷静に考えろ。一番隊を失うことは大きな損失になる。違うか。それに、このまま見殺しにしてよいのか。とにかく、ここであれこれ言っていても始まらない。すぐに、我々も箱根へ向かおう。人見隊を追うのだ。それに、人見の早まった気持ちも少しは汲んでやれ。彰義隊には奥詰からの遊撃隊の仲間がいるのだ」

八郎より年上の隊士は大勢いる。身分の高い隊士もいた。だが、八郎は言いたいことは遠慮せずに言ってきた。

この遊撃隊は、八郎と人見が作ったものだ。隊士は平等に扱うと決めた。

「確かに。彰義隊の一件は賛同できかねるが、一番隊は失いたくない。伊庭くんの言うように我々もすぐに一番隊の後を追おう」

林が八郎の言葉に賛成した。林が賛成すれば、彼の家臣たちが賛成する。八郎の意見に賛意を示す者がどんどん増えた。あっと言う間に全員一致をみた。

遊撃隊は、急遽、隊を整えるとすぐに人見隊の後を追った。

「人見の馬鹿野郎。早まりやがって」

隊士たちには人見の弁護をしたものの、八郎は少しだけ人見に腹を立てていた。

「水臭い奴だ。せめて、俺くらいには話してから行けよ」と、思ったからだ。

人見隊は、箱根の関所の手前で小田原藩士の猛攻撃を受けていた。

薩長軍が小田原藩士を前もって潜伏させていたのである。思いもしなかった伏兵に苦戦していた人見隊は、八郎たち遊撃隊本隊が追いついたことで形勢を盛り返した。薩長軍の西洋式武器がなければ、いかに人数で勝っていても小田原藩士など遊撃隊の敵ではなかった。

すぐに白兵戦に入った。剣で遊撃隊に敵う相手はいない。

一気に小田原藩士は崩れて敗走した。

「短慮なことをした。悪かった」

人見は素直に自らの非を認めた。

戦闘が治まると、遊撃隊の前に頭を下げた。

「人見の気持ちはよく分かる。俺も同感だ。しかし、だから勝手に突っ走ってよいことにはならぬ」

八郎には珍しく、やんわりと言った。しょげ返っている人見が不憫に思えた。

仲間思いから、脇目も振らずに突っ走ってしまった人見は、やはりいい奴なのだ。これ以上、責めてやりたくなかった。

「その通りだ。俺が間違っていた。焦りは禁物だ。彰義隊は彰義隊。遊撃隊は遊撃隊だった。それぞれに自分のすべきことを精一杯に全うすればよいのだ。それが、今の、お互いのためなのだな。目が醒めたよ。伊庭。我々は、やはり小田原へ行こう」

人見が必死で自分に言い聞かせているのが分かった。

「そうだな」

八郎もその通りだと思った。

我々は我々のできる範囲で精一杯戦うだけだ。彰義隊は彰義隊。遊撃隊は遊撃隊だ。

「よし。俺たちは薩長に必ず勝つぞ」

人見が八郎を見て言った。

「もちろんだ」

八郎も人見に頷き返した。また、ぐっと、二人の心が近くなった気がした。


再び一丸となった遊撃隊は、今度こそ小田原城を目指した。

酒匂《さかわ》川と早川の間に小田原城はある。すぐ眼下に海が開け、背後には富士山が聳えている。険しい箱根峠を越えるために、携帯に便利な、折り畳んでも嵩張らない独特の形をした小田原提灯が名産である。

小田原藩は、以前に来た時とは違い、幕府軍襲来に備えて兵力や武器を整えていた。関所前から逃げ帰った兵からも、こちらの状況を聞いていることだろう。

「とうとう向こうもやる気になったようだな」

林忠崇が言った。

遊撃隊も、戦闘態勢を固め、城と対峙する場所に陣を構えた。

「しばらく睨み合いになるか」

人見と八郎は、頷き合った。急ぐ必要はない。先に手を出すのは小田原藩でなければ、遊撃隊は反逆者になる。手を出されたから迎え撃つという構図を描かなければ筋が通らない。この期に及んでも、筋を通さなければならないことは不本意極まりないことだ。

だが、向こうは官軍だ。それに先立って刃向かうことは、やはりできなかった。

すぐに小田原藩が動いた。だが、意外にも小田原藩よりやって来たのは、停戦要求を携えた使者であった。

『我々は、薩長軍の手前があって戦闘態勢は取っているが、幕府軍と戦うつもりは毛頭ない。関所前の件も悪気はなかった。何卒、穏便な関係を築けないものか』

使者が持って来た書面にはそう記されていた。

「戦わず、和議を申し入れてきたか。なるほど、小田原藩は、聞きしに勝る小田原評定だな。埒が明かぬ。和議は本心であろうか。案外、内情は、まだどちらにも定まっておらんのかも知れんぞ」

林が言った。

「そうだ。頭から鵜呑みにこれを信じていいものか」

遊撃隊は、小田原藩への疑心を晴らせなかった。

「実際に、話してみないと相手の腹の内は分からないものだ」

結局、一番隊長の人見と二番隊長の八郎とが小田原城に出向いて、藩の実力者たちとじかに話をしてみることになった。

しかし、実際に登城してみれば、話し合いどころか、一方的に、金品や食料、武器弾薬を差し出すばかりで、しまいには小田原領内から即刻出て行って欲しいと揃って頭を下げられる始末であった。

「うぬぬ。小田原評定だけならまだしも、ここには一人として男児というものはおらんのか」

八郎は、怒りより情けなさを感じながら人見を促して城を出た。人見は、むっつりと押し黙っている。どうにも怒りが治まらない様子だ。

「伊庭。……俺は、どうも気が治まらぬ。どうにもこうにも性根の腐った連中だ。俺は、今から品川へ行って、榎本海軍を呼んでくる。小田原城など開陽丸の大砲で一撃に吹き飛ばしてやる」

人見が言った。

生真面目な男が怒ると手が付けられない。言い出したら最後、他人の意見など全く聞く耳を持たなくなってしまう。気の済むまで一人で突っ走るだけだ。

それでなくとも人見の頭の中には、彰義隊への憂いが燻ぶっている。なおさら、怒りも増していたのだろう。

小田原藩には、確かに開陽丸の大砲でも打ち込んでやらねば、藩主や藩士たちの目が醒めまいと思えた。

八郎は、人見が戻るまで一番隊を預かり、箱根近辺に留まっていることを請け負った。

「まあ、俺がここで睨みを利かせていてやるから、気の済むように行って来い」

「では、よろしく頼む」

自分の意見が通った途端、人見は脇目も振らずに駆け出していた。

「気をつけて行けよ」

その背に八郎が声をかけた。

「ああ。任せろ」

人見は、前を向いたままで叫んだ。

「人見さんは、存外に一途な人なのだな。振り返りもしないよ」

本山小太郎が、八郎に言った。

「ああ」

八郎は、それに生返事を返した。

「だが俺も、伊庭のためなら、ああいう具合になってしまうだろうな」

本山が、また八郎に言った。

「へえ、そうかい」

八郎は、また好い加減な返事を返した。人見の暴走に、あっけに取られていたからだ。
「俺の時も、ああなって欲しいものだな」と本山が呟いた。
「何をまた、暑苦しいことを」と、八郎は、もう聞いてもいなかった。

一瞬の油断

人見勝太郎が出立した二日後、停戦要求を突きつけてきていた小田原藩は、態度を急変させた。

江戸より、彰義隊が壊滅したという知らせが届いたのだ。

江戸を護るために決起した彰義隊は、腕に覚えのある強者たちが揃っていたはずだ。それが一日も持ち堪えられなかったことに衝撃を受けたのは小田原藩だけではない。

遊撃隊も、今さらながら薩長軍の兵器の凄さを思わないわけにはいかなかった。

京で、薩摩藩が据えたアームストロング砲に、手も足も出なかった記憶が鮮明に甦る。彰義隊も同じ兵器の餌食になったはずだ。剣先さえ触れ合わせず、一方的に飛んできた砲弾に吹き飛ばされたのだろう。それでは、いかに名剣士揃いでも太刀打ちできない。

平穏な日常が「あれよ、あれよ」と言う間に、すっかり様変わりしてしまった。太平の世に戦争が始まり、多くの人が死に、確かにあった明日が見えなくなった。この世に生まれたからには、いつか死ぬことは分かっていても、それがより身近なものになった。

生きるために平気で他人を裏切り、生きるために平気で他人の命を奪う。人が人でなくなったような気さえする。

この急転直下の世の変貌は、薩長が巻き起こしたものだ。それなら、薩長こそが諸悪の根源であるはずだ。

だが、彼らは官軍なのだ。

紛れもなく正義を振りかざす帝の正規軍なのだ。

誰が、どこで、何を間違えたのか。

巧みにすりかえられた正義に、神はどちらの味方をするのだろうか。

やがて、遊撃隊の出現を聞きつけた薩長軍が小田原藩へ加勢するために、沼津藩士を引き連れて小田原に入ってきた。そのことに勢いを得た小田原藩は、先日あれほど頭を下げて山なりの贈り物をしたことなど忘れたかのように、何事もなかったかのごとく猛然と遊撃隊を攻撃してきた。

「くそう。臆面もなく寝返りやがって」

八郎が歯噛みする。

「はい。伊庭隊長。武士の風上にも置けない奴らです。目に物を見せてやりましょう」

隊士たちが八郎の周りに跪いた。人見の隊も並んでいる。出撃の合図を待っているのだ。

「行くぞ」

八郎は声を張り上げた。

「おう」

待っていましたとばかりに、隊士たちは抜刀し、はたまた銃を手に立ち上がった。

八郎は、一番隊と二番隊を率いて応戦した。だが、やはり武器に差がありすぎて徐々に押され気味になった。

相手は、西洋仕込みの最新兵器を湯水のごとく使う。だが、遊撃隊の武器は、幕府が買い入れていた物が主で、薩長軍の繰り出す武器に比べれば一時代も前の代物であった。

幕府が異人に足元を見られていたのだ。幕府に知識がなかったわけではない。金がなかった。幕府の目を盗んで外国と密貿易をして外貨を稼いでいた諸藩とは違う。御金蔵は無尽蔵ではない。使えば補充しなくてはならない。しかし、相次ぐ将軍上洛や長州征伐やらで、補給など追いつかなかった。

八郎は、持ち堪えることに限界を感じていた。

だが、どっちつかずの小田原藩士は、そもそも戦いには消極的だ。自分が傷付くのを恐れるから裏切るのであり、迷うのだ。そこに信念の欠片もない。

「おのれ。我々に和議を頼んだ、その舌の根も乾かないうちにもう裏切る。そんな奴らに、押されてたまるか。うおーっ」

八郎は、怒号を上げながら敵を斬り倒した。

「来い。向かって来い。叩き斬ってやる。それとも、小田原藩には、一廉《ひとかど》の男児はいないのか。来い。この野郎」

小田原藩士が遊撃隊に向かってくるのは、薩長軍を畏れているからだ。だから、死に物狂いではない。仕方なく戦っているだけだ。だから、こちらが大声を上げただけで、武器を取り落としてしまうような不届き者までいた。

「小田原の奴を狙え」

八郎は叫ぶ。

敵陣を乱し、武器さえ封じ込めれば、案外、打ち砕くことは容易いかもしれないと思えた。だが、それが、八郎の命取りになった。

八郎の勢いに小田原藩士たちは押されていた。

相手の顔を睨み付けて「うおーっ」と叫んでやっただけで「あわわ」と尻餅をつく。面白いほど、小田原藩士は不甲斐がなかった。

そのせいで、八郎は少し油断した。その隙を突かれた。

戦場での八郎は、ひどく目立った格好をしていた。山高帽を被り、奇抜な配色の装束を纏い、派手な、誰にでも、子どもにでも、一目で隊長であることが見分けられた。

「隊長、ここにおられましたか」

気安く声をかけて近付いてきた一人の兵士を、八郎は味方だと見誤った。不用意に近付けすぎてしまったのだ。

その男が、いきなり八郎目掛けて剣を振り下ろしてきた。

ほんの、一瞬の出来事であった。

すぐには起こったことが分からなかった。

八郎は反射的に向き直って構えた。しかし、いつものように剣を持つ手に力が入らない。左手が言うことを利かないのだ。

脈打つ音が全身を駆け抜ける。生暖かいものが流れるのを感じた。見ると、血であった。足元に滴り落ちる血。左手首が、皮一枚でぶら下がっている。

「なに」

思わず出た言葉だ。しかし、一瞬にして全てを悟った八郎は、すぐに態勢を立て直した。

「おのれ。こしゃくな」

斬り付けてきた男を袈裟懸けに斬った。

八郎が残る片手で振るった剣は、敵を真二つに切り裂いたばかりか、勢い余って足元の岩をも切り裂いた。

八郎の一撃で岩が割れた。

続いて襲ってきた敵の数人も一刀両断に血祭りにした。それを見た敵の集団がどっと怯んだ。じりじり後退していく。

その隙に、味方の隊士たちが八郎を囲んで退避した。

一瞬の危機を、そうして何とかやり過ごしたが、ざっくりと切り取られた手首はどうにもならない。八郎は、ぶら下がった左手を庇いながら退いた。

隊士たちが、次々に倒れていくのが退く八郎の視界に入ったが、もはやどうすることもできなかった。

「爆弾を投げろ。それで、敵の追撃を止めるのだ」

担がれて運ばれながら、八郎は追撃してくる敵を爆弾で追い払うよう命令した。

「どんどん投げろ。敵が爆弾に怯んでいる隙に、退路を開け」

気持ちは、少しも乱れていなかった。冷静な判断が、的確な指示ができていた。

八郎の、咄嗟の機転のお陰で、遊撃隊は安全な場所まで退くことができた。

「伊庭、大丈夫か」

本山小太郎が、自分が怪我をしたような蒼白な顔で聞いてきた。

「ああ、大丈夫だ」

八郎は、それにあっさり答えたが、痛みは後からやってきた。

斬られた時は、さほどひどい痛みにも感じなかった。だが、やがて、この世にこんな痛みがあったのかと思うほどの強烈な激痛が襲ってきた。

痛いという程度の痛みは、痛みではないのだと分かった。本当に痛い時には声も出ない。表現すらできないものなのだ。

すぐに血止めをし、手当てを受けたが、きつく縛られた包帯の繋ぎ目を境に、左手首の先は薄黒い紫色に変色してしまっている。次第にそれは、冷たく重くなっていくばかりだ。

はっきりと体温が違っていた。冷たくなった指先は、触っても、もう何の感覚もない。

そして、嫌な違和感だけを持ち続けている。

やがて、八郎が痛みをあきらめると、胸に悔しさが湧き上がってきた。

自分への悔しさだ。

しくじった。

やっちまった。

八郎は、心の中で言い続けた。

腕を切断する

遊撃隊は、小田原城下の外れにある村まで退却した。

見るも無残な、手負いの集団になっていた。

落ち武者の集団を見た村人たちは、一斉に門戸を締め切り、彼らと関わることを拒んだ。

遊撃隊は賊軍なのだ。村人たちは京で起こった戦争の詳しい経緯は知らない。薩長軍が官軍の名乗りを挙げ、帝の名で倒幕のお触れを出した。その事実が何より重いのだ。

幕府軍に怨みは持たない。だが味方はしない。

武器も権力も持たない村人たちは、強いものの方へ、風に揺れる稲穂のように靡くしかない。

くどくど理屈を並べても仕方がない。こういう時は、瞬時に理解できる印象的な演出が功を奏するのだ。

「村人たちを集めろ」

八郎は、隊士に向かって言った。

隊士たちは、村中を回って人を集めてきた。

オドオドと集まってきた村人の前に八郎が進み出た。村人たちが、八郎の気魄に押されたようにあとずさる。何をされるのかと気が気ではない様子だ。

八郎は、一同を見渡すとニッコリと微笑んだ。

「いいか。俺は気が短い。まどろっこしいことは大嫌いだ。見ていろ」

八郎が包帯を外すと、皮一枚でかろうじて繋がっている左手首がだらりとぶら下がった。すでに血の通わない物体と化してしまっている。

「ひぇぇ」

村人たちは声を上げた。

八郎は刀を抜くと、その先をスパリと切り落とした。そして、顔色一つ変えずに、その手首を村人たち目掛けて投げつけた。

「ああ、すっきりした」

八郎は笑ってみせたが、村人たちは悲鳴を上げた。

「ぎゃー、わあぁあ」

村人たちは、飛んできた手首を避けて、震え上がった。

自分の手首を平然と切り落とす男なのだ。村人たちは、自分たちは皆殺しにされるのだと思ったのだろう。すっかり怯え切って平身低頭「何でもいたします」と両手を合わせ、額を地面に擦り付け、声を震わせた。

そして、さっきまでの態度とは打って変わって、過剰なほど協力的になった。

飲み水や食料どころか、着物などもどんどん差し出す。

「何でも差し出しますから、どうかお許しを。どうか、どうか、お許しを。命だけはお助けを」

人の醜さは、己の保身のために形振り構わぬ姿だろう。八郎の目には、薄汚いものにしか映らなかった。

「人は自分の命のためには、これほど恥知らずになれるのか」

そう思うと、もはや怒りすら湧いてこなかった。

その村で再び傷の手当てをした。

ぶら下がっていた物を取り除いたので、腕が軽くなったが、妙な違和感が拭えない。あったものがないのだから、みょうちきりんな気持ちなのだ。

手当てと言っても、切り口を洗って消毒するだけだ。手首を油紙に包んで包帯を巻くと、際限なく滲み出ていた血はようやく止まったように思えた。傷口に温度差を感じて、妙な気分がしていた感覚がなくなると、ズキズキと疼く痛みの重さはあっても、気持ちだけ楽にはなった。

そして、不思議なことに、なくなったはずの指先が、ムズムズと痒く感じられて仕方がなかった。身体のどこかに指先までの感覚が残っているのだろう。最後に握った刀の柄の感触さえもが、まだ指先に残っているような錯覚さえした。

「面白いものだな」

八郎は自嘲気味に呟いた。

もうない手の先が、今でもあるように思える。まるで失くしたことを忘れているのだ。忘れているのは頭の中の脳ミソなのか。手自身なのか。どちらか分からないが、身体中が、まだ五体満足であるかのような錯覚に捉われていた。

だが、痛みはどうにもしようがない。酒を飲めば、痛みが少しだけ和らぐように思えた。酒を飲めば、出血は増えたが、痛みには代えられなかった。

それに、酒を浴びるように飲んでも、不思議と酔えなかった。それほど痛みが勝っていたからだ。


熱海沖に海軍が来ているという情報が届いたので、遊撃隊は、小田原から真鶴へ、さらに南下して熱海に入った。熱海に、海軍を連れて戻って来た人見勝太郎がいた。

人見は、八郎や遊撃隊と再会できたことを喜んだが、遊撃隊の人数はかなり減っていた。手負いの者も大勢いる。

「人見が出かけた二日後に、薩長軍の襲撃にあった。精一杯応戦したが、多くの仲間を失ってしまった。預かった一番隊にも死傷者を出してしまった」

八郎は合わす顔がないと詫びたが、人見は、一言も責めなかった。八郎に「ご苦労かけたな」とだけ言った。

「面目次第もない」

八郎の頬を涙が伝った。

「気にするな。それより、伊庭は、早くその怪我の手当てをした方がよい」

「手当てならもう済んでいる。たいしたことはないのだ」

八郎の体臭に酒の匂いがこびり付いている。痛みを紛らわすために酒の力に頼っている証拠であった。そのことに、人見は聡く気づいていた。

「酒で痛みを誤魔化しているようでは駄目だ。大怪我ではないか。ちゃんと養生して、傷を治すのだ。傷を軽く見てはいけない。命にかかわる。心配するな。伊庭の隊は俺が預かるからな」

人見は、平然と見せている八郎が、かなり無理をしていることをちゃんと見抜いていた。

「どこかへ行くのか」

「ああ。すぐにも出発することになっている」

「俺を、置き去りにする気なのか」

「仕方がないではないか。子どものようなことを言うな。伊庭は、その傷を治すことだけを考えろ。よいな。分かったな」

人見は、聞き分けのない子どもに言い聞かせるように、噛んで含めるように言った。

人見は、いつも落ち着いている。一歳しか違わないが、常に八郎にとって頼りになる兄貴分である。京より、一緒に艱難辛苦を舐めてきた仲間だ。できるなら、地の果てまでもともに戦いたいと思っている。

「よいか。それでは、伊庭の隊を借りていくぞ」

人見は、念を押すように八郎に言った。

「分かった。よろしく頼む」

八郎は、観念したように頭を下げた。ここで、自分は遊撃隊から離脱する。しかし、絶対に追いついてみせると思った。

「これから我々は、奥州に向かう。榎本さんから得た情報では、仙台藩の声がけで奥州越に東北新政権が発足するそうだ。京都守護職をしていた会津藩と江戸守護職をしていた庄内藩が薩長軍に攻撃されることを阻止しようと意図されたものだ。それに我々の力を貸して欲しいと頼まれた。断る道理がないだろう」

人見は、これからすぐにでも開陽丸で、小名浜まで送ってもらう予定だと話した。

小名浜は磐州にある漁港で、会津より東の海岸線に位置する。文久二年に坂下門で襲撃された安藤信正《あんどうのぶまさ》が藩主を務める五万石の城下である。伝習隊や新撰組などの幕府軍と戦いながら北上している薩長軍に先回りができる位置になる。

「彰義隊の生き残りたちが、陸軍隊なるものを組織して先発したという。遊撃隊が後れを取るわけにはいかないだろう」

「そうか。春日左衛門たちも、その中にいるかもしれないな。分かった。傷を治したら、すぐに追いつくよ」

八郎は、人見を真っ直ぐに見詰めた。

「ああ。待っているよ」

人見は、笑顔で頷いた。

「しばらくの別れだ」

八郎は、右手を差し出した。人見は、力強く握り返してきた。

京から今までずっと、行動をともにしてきたよき友に、かけたい言葉は山ほどあった。

しかし、八郎は黙って手を離した。

『必ず、追いかける』と、心で誓いながら。


熱海沖に開陽丸が浮かんでいた。

いつ見ても壮大な軍艦は、頼もしい勇姿を惜しげもなく海風に曝している。

海軍は、館山でのわだかまりもなく、人見の要請に快く応じてくれたという。

遊撃隊は開陽丸に乗り込んだ。隊士たちは、ようやく人心地がつけた様子だ。

迎えに出た艦長の榎本武揚が、驚いたような顔をして八郎に近付いてきた。言いたいことは分かっている。榎本の顔一面に「心配」という文字が見て取れたからだ。

「ちょっと、やり損なってしまいました」

榎本に聞かれる前に、八郎から切り出した。

痛みと出血が続いているせいで、もともと色白な八郎がいっそう蒼白になっている。左手に巻いた包帯から今も血が滲んでいた。

「それはいけない。すぐに品川へ戻ろう。病院船で手当てを受けなさい。船を急がせる。オランダから持ち帰ってきたよい薬があるのだ」

開陽丸は滑るように相模湾を走り、浦賀水道から江戸湾に入った。

八郎は、品川沖に停泊している旭丸に移された。遊撃隊は、陸軍隊を送り届けて戻ってきたばかりの長崎丸に乗り換えて、小名浜に向けて再び江戸湾を後にした。

遠ざかっていく長崎丸を八郎はしばらく見詰めていた。人見や自分の隊士たち、遊撃隊の仲間たちが去って行く。無量の寂しさが募ったが、八郎のために付き添って残ってくれた本山小太郎がいた。小田原での、あの時の言葉通り、常に傍にいてくれる心強い親友だ。

「早く、この傷を治さないといけないな」

八郎は、本山に呟いた。

「そうだぞ」と、本山が言った。

榎本に促されて病室に入った八郎は、左手を医師の前に差し出した。

「これはひどい。早急に切り直した方がよいだろう。このままでは、命にかかわる」

篠原医師は、顔色を変えて叫んだ。満足な手当てができていなかったせいで、傷が化膿して腐敗が進んでいた。彼が叫んだのは、傷のひどさに驚いたからではない。腐りつつある左手で平然と立っている八郎の気丈さに驚きを隠せなかったのだ。

「驚いたな。少し手を斬られただけでも大騒ぎをするものなのに、手首を斬り落とされて、こうも普通に立っていられるものなのか」

「実に、凄い勇気ですね」

榎本も、篠原の感想に同感だと言った。

「見上げた根性だ。これなら、切り直しにも耐えられるだろう」

「切り直しですか」

本山が、心配そうに覗き込んできた。

「うむ。早くしないと、傷口の毒素が身体中に回って命が危険だ」

「おお。それはいけない」

榎本は、自分の怪我のように慌てた。

「すぐに手術を行ないます」

だから篠原は、八郎にではなく榎本に向かって言った。

「よろしく頼むよ」

榎本も八郎の返答を待たず篠原に向かって言った。それほど、傷の状況に一刻の猶予もないということだ。

八郎は、腹を決めるしかなかった。

ハラハラしている本山を尻目に、手術の準備が整った。

八郎は、落ち着いていた。

今さらジタバタしても仕方がなかったからだが、早く傷を治して遊撃隊に追いつきたい一心であったからだ。

しかし、いざ手術となったら、初っ端から麻酔が効かなかった。傷の痛みを紛らわせるために、酒浸りになっていたことが原因のようだ。

「麻酔など、俺には必要ない」

八郎は、平然として言い放った。この世のものとは思えない痛みは、もう知っている。すでに経験済みなのだ。人が耐えうる痛みの限界というものは、より強い痛みを経験すればするほど、その限度の基準も変わっていくもののようだ。それに、あれ以上の痛みはもうないはずだと思った。八郎には耐えられる自信があった。

「しかし……」

篠原は、一瞬、躊躇を見せた。しかし迷っている場合ではないと思い直したようだ。とにかく時間がなかった。八郎の傷の状態が、一刻を争うので決行することになった。

「痩せ我慢にも、ほどがあるというものだが。後悔しないか」

篠原は、一度だけ八郎に決意のほどを確認した。

「構わぬ。やれ。さっさとやってくれ。煮るなり、焼くなり、好きにして構わぬ」

八郎は、面倒臭そうに返事をした。

「では、始める」

篠原は、ナタのような物を手にすると、ブンと勢いよく振り下ろした。

腕の骨が、嫌な音を立てた。

口に布を咥え、歯を食い縛って八郎は痛みに耐えていた。

傷口を切り直すと、薬を施し、木綿糸で縫い合わせる。これも、一針、一針、強烈な痛さが襲った。

しかし、八郎は声を上げなかった。

手術を見ていた本山が気分を悪くしたこと以外、他には何の問題もなく手術は順調に進んだ。

「……終わったのか」

痛みに冷や汗を流しながら八郎は聞いた。

「ああ。終わった。呆れた男だ。いや、天晴れ。肝の据わった男だと褒めるべきだな。悪かった。しばらく高熱が出るが、きみには、それさえたいしたことではないのだろうな」

篠原は、感嘆の声を洩らしながら、手当てを終えた。

榎本は、黙って一部始終を見ていた。

八郎は、左手を腕まで切断した。

けれど、八郎は絶望しなかった。

もし、剣が駄目でも銃がある。大砲がある。戦う術は何でもよい。片手でできることは一杯あるはずだ。人間、その気になれば何でもできるはずだと思っていた。

「伊庭。これからどうするつもりだ」

本山が聞いた。

「俺か。……俺は、そうだな。これからは、全て榎本さんに従うさ」

一人で力んでも仕方がない。すぐにも人見の後を追いかけたかったが、今の自分では足手まといになっても、戦力にならないことは分かっている。それに、手術をしないでいたら、いずれこの怪我のせいで死んでいたのだろうと思うと、榎本のお陰で命拾いをしたことになる。だから今後は、自分の行く末を榎本にすっかり託そうと思っていた。

それこそ、榎本が薩長に出頭しろと言えば、素直に投降するつもりでいた。だが、横で話を聞いていた榎本は、八郎にこう言った。

「よし。それでは、我々も仙台に向かおう。先日、徳川家への処分が下った。徳川家は、そっくり駿河へ移封されるそうだ。だが、徳川家家臣団八万人の生活が、たった七十万石の駿河の地で賄えるものではない。食い逸れる家臣が大勢出るだろう。我々海軍は、伊達公が立てた東北新政府に加担する。そして、いずれ蝦夷地にある箱館に向かう。このことは人見くんにも話しておいたが、蝦夷に再び我々徳川家の国家を建てるつもりだ」

「徳川家の国家」

八郎は、夢のような話だと思った。

蝦夷は未開の地だ。先住民のアイヌ族がいるが、箱館や松前などの南方部は、幕府の所領である。北前船は江差浜で鰊を積み、松前浜で昆布を積む。そして箱館は、ペリーと交わした条約により開港した国際港である。

榎本は、オランダ留学前に蝦夷地の測量に携わっていたことがある。榎本の父親は、伊《い》能忠敬《のうただたか》とともに日本地図を作るために諸国を測量して回った男である。恐らく同じ血が騒いだのだろう。

「蝦夷、ですか」

「そうだ。よい考えだろう。あそこなら徳川家家臣団が、薩長に何の遠慮もなく生活してゆける。蝦夷に我々の国家を作るのだ。ちゃんと国際法に則《のっと》った国家運営を行なう。別に、一つの領土に二つの政権が存在しても何の問題もないのだ。諸外国とも交易する。最初は我々だけになるだろうが。落ち着けば、それぞれの家族を呼び寄せる。将軍を復活させる。江戸を、そっくり蝦夷に移すのだ」

榎本は身を反らせ気味にして、熱心に話した。

「しかし、榎本さん。薩長が、それを素直に認めるでしょうか」

「その時は、伊庭くん。きみたち遊撃隊の出番じゃないか。我々も、海軍艦隊を存分に駆使して薩長と戦うさ」

榎本の描く夢は、具体的には見えてこなかった。だが、八郎は、薩長と戦うことには大いに賛同できた。何より、榎本が八郎のことを、今も遊撃隊として考えてくれていることが嬉しかった。

「それなら、行きましょう」

八郎は目を輝かせた。

このままで終わりはしないと思っている。

この腕の屈辱をぶつけてやらねば気持ちが治まらない。それに、江戸に居場所はなかった。

駿河に向かわない幕臣は、反逆者とみなされるだろう。箱根で刃向かった遊撃隊は、すでにお尋ね者の身の上である。

コソコソと生きることは性に合わない。それに隠れて生きる理由はない。だが、見つかれば殺されるのだ。

新撰組の近藤勇も薩長軍に処刑されて、京の町なかにその首を晒されたという。近藤に心酔していた土方歳三は、残った新撰組を率いて江戸を抜け、伝習隊とともに日光から北上して各地で転戦していると聞いた。

土方にも、また会いたいと思う。

帝を担ぎ上げて官軍となった薩長は、幕府の息のかかった人間を一人も洩らさず生かしてはおけないと思っているようだ。刃向かう気のない者さえも容赦はしない。

どちらが正義なのか、八郎には分からない。

戦争の中に正義は存在しない。殺すか、死ぬかしか選択肢がないからだ。

正義を振りかざして戦いに挑んだつもりでも、戦争に突入した途端、正義は空虚に消え失せてしまう。どこへ行ったかと探す間もなく、命のやり取りが続くのだ。

だから、本当は、敵に寝返った者たちを成敗することもまた虚しい行為でしかない。

正義は幻だ。摑んでも、摑んでも、跡形もなく消えてなくなる幻なのだ。

それに、考えても、考えても、どちらが正しいのか、答えは永久に出そうになかった。

多く殺せば正しいのか。

意地を貫けば正しいのか。

考えれば、考えるほど、頭の中がこんがらがってくるだけだ。

だが、どちらが好きかと問われれば、明確に答えられた。八郎は徳川家が、奥詰の仲間たちが、遊撃隊が、榎本が、土方のことが無条件に好きだった。

それでよいのではないかと、八郎は思った。

好きなもののために戦う。

人が命を懸ける価値は、そこにあってもよいのだと。

八郎は、手術をした翌日から銃を手にしていた。左肘にスペンサー銃の銃身を載せて発射する。

篠原が言った通り、かなり熱が高かったが、発熱になど負けてはいられない。

艦上に目標物を吊るして、それを目掛けて銃を撃つ練習をした。何度か撃つうちにコツが飲み込めてきた。

「片手でもやれるぞ」

吊るした瓶に弾を命中させて、八郎は叫んだ。彼の中に、希望がムクムクと頭をもたげていた。

徳川家が駿河七十万石に移封され、水戸で謹慎している徳川慶喜のあとを田《た》安《やす》亀《かめ》之《の》助《すけ》が継ぐことになった。そして、亀之助が徳川家達《とくがわいえさと》と名を改め、藩主として駿河へ入ったのを機に、幕臣たちは、否応なく駿河へ移転することを強制的に命じられた。

そして、幕府海軍には、軍艦を一隻残らず薩長新政府に差し出すことを強要された。

榎本は、上役である勝の顔を立て、薩長への軍艦の引き渡しにしぶしぶ応じたものの、自ら艦長を務める開陽丸の引き渡しを拒否した。

「この艦は、絶対に薩長には渡さぬ」と、一人も下船しないで頑張っている軍艦もあった。当然、それらは謀反になる。榎本海軍は薩長と対立する道を選び、江戸脱走を決めたのだ。

それに同調する陸軍兵士たち、一緒に江戸脱出を希望する者たちを、榎本は誰一人断ることなく受け入れた。

郵便はがき

料金受取人払郵便

新宿局承認

2923

差出有効期間
平成28年10月
31日まで
（切手不要）

160-8791

843

東京都新宿区新宿1－10－1

（株）文芸社

愛読者カード係 行

ふりがな お名前		明治　大正 昭和　平成　年生　歳	
ふりがな ご住所	□□□-□□□□	性別 男・女	
お電話 番号	（書籍ご注文の際に必要です）	ご職業	
E-mail			
ご購読雑誌（複数可）		ご購読新聞 新聞	

最近読んでおもしろかった本や今後、とりあげてほしいテーマをお教えください。

ご自分の研究成果や経験、お考え等を出版してみたいというお気持ちはありますか。

ある　ない　内容・テーマ（　）

現在完成した作品をお持ちですか。

ある　ない　ジャンル・原稿量（　）

書　名				
お買上 書　店	都道 府県	市区 郡	書店名	書店
			ご購入日	年　月　日

本書をどこでお知りになりましたか？

1.書店店頭　2.知人にすすめられて　3.インターネット（サイト名　）

4.DMハガキ　5.広告、記事を見て（新聞、雑誌名　）

上の質問に関連して、ご購入の決め手となったのは？

1.タイトル　2.著者　3.内容　4.カバーデザイン　5.帯

その他ご自由にお書きください。

（　）

本書についてのご意見、ご感想をお聞かせください。

①内容について

②カバー、タイトル、帯について

弊社Webサイトからもご意見、ご感想をお寄せいただけます。

ご協力ありがとうございました。

※お寄せいただいたご意見、ご感想は新聞広告等で匿名にて使わせていただくことがあります。

※お客様の個人情報は、小社からの連絡のみに使用します。社外に提供することは一切ありません。

■書籍のご注文は、お近くの書店または、ブックサービス（0120-29-9625）、セブンネットショッピング（http://www.7netshopping.jp/）にお申し込み下さい。

美賀保丸沈没

八月十九日。

開陽丸を先頭に、回天丸、蟠竜丸、高雄丸、千代田形丸、長鯨丸、神速丸、咸臨丸、美賀保丸で江戸を出発することになった。

もう二度と江戸の土は踏まないというほどの固い決意であった。

海軍は、ほぼ全員が乗船していた。陸軍兵士も、陸軍奉行の松平《まつだいら》太郎《たろう》を筆頭に続々と輸送船などに乗り込んだ。

「遠慮をしなくてもよい。伊庭くんは開陽丸に乗っていたまえ」

榎本はしきりに言ったが、八郎は自分だけが特別扱いを受けるのは他の者に対して悪いと言って断った。

「これからは、みな同志です。俺だけ甘えるわけにはいきません」

胸張って言い切った。

「せっかくの榎本さんの申し出なのに。伊庭、断るなよ」と、本山小太郎は、ひどく残念がっていた。

本山が残念がるのはもっともだった。

輸送船は二隻。咸臨丸と美賀保丸である。帆はあるものの、老朽化のため動力を外してある。軍艦が太い鎖で曳航する。しかし、たった一本の鎖で海原に漕ぎ出して大丈夫なのかという不安が、まず頭をよぎる。次の不安は、見た目にあった。

輸送船は、見るからに使い古されてくたびれていた。アメリカへ、太平洋を往復した咸臨丸も往時の勢いはない。さらにくたびれて見えたのが美賀保丸で、みなそれに乗り込むことをあからさまに敬遠していた。

「どちらも同じじゃないか。目的地に着きさえすれば御の字だろ」

八郎はそう言うと、自ら進んで美賀保丸に乗り込んだ。

「おい、おい、よりにもよって……待てよ。伊庭。しょうがないな」

本山が慌てて付いてきた。

「見ろ。あれは、遊撃隊の伊庭八郎だ」

「本当だ。噂通り、片腕じゃないか」

「ほう。あれが、伊庭の小天狗。練武館の麒麟児と称された男か」

「箱根で、敵もろとも岩まで斬ったという男だよな」

周囲からそんな声が聞こえてきたが、八郎はわざと知らぬ顔をしていた。

癇に障らなかったと言えば嘘になる。しかし、無益な諍いはしないと決めた。この艦隊に乗り込む者は、みな仲間なのだ。これから薩長と戦うために命を賭け合う同志たちだ。

一人残らず大事にしたかった。

それに八郎は、もう自分が遊撃隊の隊長だとは考えていなかった。ただの一兵卒だと思っていた。ここに遊撃隊はいないのだ。

もう旗本がどうの、御家人がどうの、藩主だ、足軽だ、四の五の小賢しく身分差をとやかく言っている時でもない。みな、等しく仲間なのだ。

「おい。伊庭さんが乗るなら、俺たちも乗ろうぜ」

「ああ。あの人が乗るのなら、大丈夫だ。あの船に乗ろう」

八郎が乗ったことで、俄かに美賀保丸の人気が高まった。有名人の八郎を慕っている者は多かった。中に練武館の門弟たちも混じっていた。

「伊庭先生。中根です。お久しぶりです。是非、我々もご一緒させてください」

「よう。元気だったか。一緒に乗っていけ」

八郎も気安く声をかけた。

世の中には、隠れていても目立ってしまう人徳を持つ人間というものがいる。八郎も、他人の先頭に立つべく運命を生まれ持っている人であったのだ。

榎本艦隊は、連れ立って、江戸湾から房総半島を回って外海へ出た。

空は旅立ちに相応しく、抜けるように青く晴れ渡っていた。前途洋洋であるかのように思えた。

しかし、外海に出た途端、急に雲行きが怪しくなってきた。銚子沖辺りで風が強くなった。波が見る見る荒くなり、空には暗雲がたなびいた。やがて、広がる黒雲に稲妻が走った。

「嵐になるぞ」

美賀保丸は、ギシギシと不気味な音を立てた。

「だ、大丈夫だろうな。沈んだりしないよな」

本山が不安そうに言った。

突如、空から滝のような雨が落ちてきた。波がどんどん高くなり、船は木の葉のように波に揉まれた。持ち上がったり落ちたり、波にしたたかに弄ばれる。みな船から振り落とされないように必死で何かに摑まった。

「伊庭、大丈夫か」

本山が、片腕の八郎を庇う。二人して、傍にあった荒縄で帆柱に身体を縛って耐えた。

大揺れの船は、右へ、左へ、大きく振れ、傾ぎ、自分が上を向いているのか、下を向いているのか感覚がまるで分からない状態にまでなった。何度も頭から波を被った。

「駄目かも知れぬ」

さすがの八郎も声を震わせた。

水が船の中にどんどん入ってきている。それが降る雨なのか、海水なのか見分けはつかないし、見分けている余裕もない。

「水をかき出せ」

みな必死で水をかき出すが、入ってくる量の方が圧倒的に多い。

この船とともに沈んでしまうのだと、みなが覚悟を決め始めた。

回天丸に繋がれていた咸臨丸の鎖が切れたのか、咸臨丸が流れて行くのが見えた。咸臨丸は、どんどん遠ざかって行く。

「こっちも時間の問題だな」

八郎は本山に言った。

開陽丸と繋がっている鎖が切れれば、美賀保丸も同じ運命だ。

「どうか目的地までもってくれ」

本山は、祈るように両手を合わせた。

しかし、彼の願いは天には通じず、ついに開陽丸と美賀保丸を結んでいた鎖が切れた。命綱が消えたのだ。動力を持たない美賀保丸は、自力では動けない。荒波に揉まれるまま、ぐるぐる回った。

このまま嵐が過ぎ去るのを待つしかなかった。

荒波に洗われ、揉まれ、空と海が逆転したかと思えるような状態が長らく続いた。いや、永久に続くのかと思われた。

やがて、嵐が過ぎた。

老朽船は、どうにか嵐には持ち堪えてくれた。

舳先は曲がり、帆柱は折れ、船体に亀裂が走り、美賀保丸は満身創痍。いたるところがボロボロになっていたが、かろうじて海面に浮いていた。他の船影は見えなかった。みな散り散りになってしまったのか、美賀保丸だけが置いていかれたのかどうかも分からない。

海は、嵐が過ぎ去ると、嵐など嘘であったかのように穏やかな表情になった。空もまた綺麗に晴れ渡った。

とりあえず、一安心である。

しかし、嵐が過ぎても、海原が続くばかりの大洋にポツンと取り残された美賀保丸は、なす術もなく漂っているしかなかった。

海鳥が自由自在に飛び回っている姿を、恨めしげに見上げているだけだ。

飲み水も尽きた三日後に、ようやく鹿島灘が見えた。

「陸地だ」

みな嬉々として叫び声を挙げたが、船を漕いでいくこともできないでいた。

「このまま永久に漂い続けるのかな。もう海はこりごりだ」

本山は、うんざりしたように言った。

八郎は、右手で首筋を掻いた。嵐の間、頭まで海水を被ったせいで、身体が乾くと粘ついた塩が気持ち悪かった。

着ている物にも塩が浮いていた。

たまりかねて海に飛び込む者がいた。陸地が見えていると言っても、まだ遥かに遠い。とても泳ぎ切れる距離ではない。それでも、ここにいるよりましだと思ったのだろう。

「片手では泳げそうもないな」

八郎はポツンと言った。

「馬鹿。塩水が傷に沁みて、死ぬほどの痛みを味わうぞ」

本山が諌めたが、すぐに八郎が麻酔なしで手術を受けたことを思い出したのか「伊庭は鋼の根性を持っているから、できるかも知れぬ。しかし、俺には無理だ」と、言い直した。

「ああ、俺はこのボロ船とともに沈むのか」と、絶望の声を上げる者。

「こんなところでウジウジしていたら、薩長に追いつかれて、皆殺しにされるぞ」と、言い出す者なども現れた。

それぐらいならと腹を掻き切った者がいた。

「早まるな。天は我々を見放しはしないぞ」

本山が叫んだ。

「そうだ、早まるな。生きることを考えろ。俺たちは何のために、この船に乗ったのだ。成すべきことがあるからではなかったのか」

八郎も焦った。そんな流言で失うほど、命というものは安いものではないだろう。せっかく、志を抱いて脱走したのだ。無駄死には避けたい。

「そうだ。そうだ。伊庭さんの言う通りだ」

「そうだ。生きよう」

「我々は、薩長軍と戦うのだぞ」

次第に、互いを励まし合う言葉が船上に響いた。

「生きて薩長と戦おう」

この中には、ただ薩長軍が蔓延する江戸を逃げ出したかっただけの者もいるだろう。それでも構わないと八郎は思う。一緒に戦うことに変わりはないのだから、それでよい。

「では、気持ちが一つになったところで。みなの者、歌でも唄おうぜ」

本山が音頭を取った。陽気さが取り柄の本山らしい行動だ。

美賀保丸の船上に、和やかな歌声が響き始めた。みな、喉の渇きも空腹も忘れて唄った。その歌声を、天が聞きつけたのかどうかは分からない。だが、船は少しずつ、陸地に近付いて行った。

「ありがたい。満ち潮だ。うまくいけば接岸できるぞ」

八郎は、希望の声を上げた。

船は、徐々に満ち潮に運ばれて岸に近付いた。みなホッとしたが、そのまま岩場に乗り上げて座礁してしまった。

「大変だ。船底からどんどん水が上がってきている」

「底が抜けたのだ。おい、沈没するぞ」

船の上は、再び大混乱になった。

岸まで、まだ数町はあろう。とても、泳ぎ切れそうにない距離だ。絶望的であった。

しかし、突然、一人の男が「俺が岸まで泳いで、船を岩に繋いでやる」と言い出した。

「泳ぎには自信がある。このくらいの距離なら、何とかなりそうだ」

男は、そう言うと、やおら褌一枚になり、身体をほぐし始めた。逞しく隆々とした筋肉が、男の身体にうねった。男でも惚れ惚れとするような頼もしい体つきをしていた。

八郎たちは固唾を飲んで経緯を見守った。

男は太い大縄の端を身体にしっかりと結びつけると、海に飛び込んだ。飛沫を飛ばしながら、波を掻き分けて泳ぎ始めた。

「いいぞ」

船の上に、声援が飛び交う。

「いいぞ。行け」

男は波間に浮いたり、消えたりしながら進んで行った。

そして、岸に辿り着いた。

「やったぞ」

岩山をよじ登った男が、岩と船を結ぶことに成功した。

船の上はヤンヤの大合唱だ。早速、二、三人がその大縄を伝って海の上を渡り始めた。

八郎たちは船板を外して筏にした。それを足場にして、大縄を手繰って岸へ渡ろうと考えたのだ。

しかし不安定な足場は、絶えず大きく揺れ、少しでも足を踏み外すと、またたくまに身体の平衡を失って海に投げ出されてしまいそうだ。だが、他に上陸する手立てはないのだ。

決死の綱渡りが始まった。

八郎は、右手で大縄を摑むと力任せに手繰り始めた。本山と門弟たちが八郎の前後になってそれを助けた。筏は、不安定ながらも、少しずつ岸に近付いていく。だが、ほんの少しでも気を緩めると、たちどころに足場を失って海に振り落とされそうになった。

まさに命からがら、やっと岸に辿り着くことができた。

「助かったな。手を貸してくれて、ありがとう」

八郎は頭を下げた。自分一人ではとても無理だったと思った。

「伊庭、礼など言うな」

「そうです。止めてくださいよ。伊庭先生」

本山も門弟たちも礼には及ばないと言った。

八郎は、自分は恵まれているとしみじみ思った。生きるか死ぬかの時に、こうして助けてくれる人がいることに感謝した。

美賀保丸には、金品や武器などもたくさん積まれていたが、船から持ち出せた物は何もなかった。

せめて一つでも持ち出そうと試みた者たちは、なぜか波間に沈んで消えた。

「俺は助かったというのに」

八郎は、そのことが悔しかった。

だが、海の神は、誰かの命を助ける代わりに、生け贄を欲しがったのだ。だから、身一つで逃げた者だけを助けた。命より大事なものはないからだ。

しかし、もはや広がる海のどこにも、榎本艦隊の姿は見えなかった。

先の嵐で艦隊が全滅したとは思いたくない。恐らく、薩長の巣窟へ戻ってくる気がないだけだろう。だが、怨むまいと八郎は思う。あの嵐だ。どの船も無傷ではいられなかったに違いない。

ただ遊撃隊に追いつく日が、確実に遠退いたことは事実であった。

岸壁から見ると、眼下に遥かに広がる海原は果てしがない。さっきまでいた美賀保丸が小さな、小さな、残骸に見える。

人力では到底渡り切れない広大な海が、遊撃隊と自分を遥かに隔ててしまったような気になった。

船はもうないのだ。

八郎には、遊撃隊に戻れないことが絶望的なことに思えた。

そして、彼らに追いつけないのなら、もう生きていても仕方がないと初めて思った。

「さてと。この先、どうするか」

大きな溜め息をついた本山は、八郎を見てぎょっとした。

「伊庭、何をしている」

足元にしゃがみ込んでいた八郎が、脇差を抜いていたからだ。

「俺は腹を切る。本山、悪いが介錯を頼む」

「止めろ。伊庭」

「伊庭先生。止めてください」

門弟たちも、必死で止めた。

「死なせろ。もう死ぬしかない。榎本さんとはぐれてしまっては、もうどこへも行けないではないか。遊撃隊ともう会えないのなら、俺は死ぬしかない」

絶望的な声で八郎は懇願した。

「馬鹿なことを考えるな。伊庭。死んでどうする。こんなことは、手を失っても、ものともしなかった伊庭らしくないではないか。せっかく助かった命を無駄にする奴があるか。気を確かに持て。もしかしたら、開陽丸が引き返してきてくれるかもしれないじゃないか」

必死に八郎を説得しながら、さすがにそれはないと本山も思ったのだろう。

「いいか。俺が必ず、榎本さんのところへ連れて行ってやる。約束する」

本山は言い直した。

「なあ。頼むから、考え直してくれ」

男泣きに泣きながら、八郎に訴える。八郎は、かけがえのない友をここまで悲しませている自分が、救いようのない薄情者に思えてきた。

「そうだな。せっかく助かった命だ」

八郎は、刀を置いた。

「そうだぞ。無駄にする奴があるか」

本山が拳で涙を拭った。

船から岸まで辿り着く間、身体がずっと濡れていたせいで、みな身体が冷え切って唇が紫色に変わってしまっている。そこに追い討ちをかけるように陽が落ちてきた。夕風に煽られて、全身が粟立ち、身震いが出た。

「ううっ、急に冷えてきたな。どこかで暖を取ろう。そうだ。もう何日も、何も食っていない。何か食えば元気が出るぞ」

本山や門弟たちにせっつかれ、八郎は立ち上がった。彼らは八郎に有無を言わせなかった。ここに長居は無用だと、彼らは八郎の両脇を抱えるようにして街道に急いだ。街道にさえ出れば、宿場がある、飯屋もある。人心地つけるのだ。

「だいたい、腹が減っているから、腹を切ろうなどと碌でもないことを考えてしまうのだ」

本山は、飯屋に入ることを優先した。

片腕の人相書き

こうして、陸に上がった者たちは、散り散りになって別れた。

やがて、漂流船の話を聞きつけた薩長軍が、鹿島灘に到着したと噂に聞いた。そして薩長軍に見つかった者は、全員殺されてしまったという。まさに、間一髪であったのだ。

八郎たちは、運良く宿場に紛れ込んでいた。

多くの仲間を失ったことを悲しんでいる暇などなかった。自分が生きることで精一杯であった。

諸藩に遊撃隊が手配されていて、ここにも遊撃隊の人相書きが出回っていた。特に箱根で目立ってしまった八郎は、片手がない剣士としてお尋ね者の筆頭に名指しされていた。身体の特徴は、他人より目立つ要因になる。片手がないことを決して他人に悟られてはいけない。今捕まるわけにはいかないのだ。

八郎たちは刀を捨て、髷を切り落とした。丸腰になり、旅の坊主に変装した。

箱根に向かった時は張り切っていた。わざと見栄えのする装束に身を包み、自ら隊長であることを誇示した。その結果、受けた傷でもある。

もっとも、古来より戦場では「目立ってなんぼ」の世界であり、名のある武将ほど派手ないでたちで合戦に臨んだものだ。しかしそれは正々堂々、真正面からぶつかり合って闘っていた頃の話である。今は、鳴りを潜めて物陰から狙い撃ちする方が流行らしい。つまり、相手は武士ではないということだ。

八郎たちが世間に紛れるために変装をしたのはそのためだ。

本山は少し手を加えれば武士に見えなくなったが、八郎はただでさえ眉目秀麗なのでどうやっても他人より目立った。わざと色白の顔を泥で汚して黒く見せていたが、雨にでも濡れれば誤魔化しようがなかった。

役者のような美男という一筆付きの人相書きまで出回って、片腕の侍大将という勇名だけが勝手に往来で一人歩きをしてしまっている。

噂というものは恐ろしい。八郎は片手で百人の敵を斬り倒したことになってしまっている。江戸中が、「さすがは練武館の麒麟児だ」と持て囃している。そして、その声援が大きいほど、薩長軍の追跡の手が強まっていた。

追っ手は執拗に、着実に迫っていた。それも追われていると、徐々にその範囲が狭まってきているような強迫観念に襲われる。見つからないように人ごみに紛れ込み、あるいは物陰に息を潜めるのだが、それでも見つかるのではと気が気ではない。会う人、会う人の全てが刺客に見えてくる。

その場で殺されるならまだ救いはあるが、捕縛されて敵前に下る無念さを思うと、いても立ってもいられなくなる。

事実、何度も、薩長兵と擦れ違った。

「片腕の男を見なかったか」

直接聞かれたこともある。

「片腕の男を知らないか」

辻に立ち、誰彼なしに声をかけていることもある。

八郎の人相書きを手に駆けずり回っている。

何度、肝を冷やしたことだろうか。

顔を伏せ、ピリピリと常に張り詰めていると、道行く誰もが自分の手だけを見ているような気がしてくる。隠せば隠すほど、左手ばかりに他人の視線が向いているように思える。

隠し事を抱えている身とはそんなものだが、気が休まらない。

左手に笠を括りつけて、手があるように見せているが不自然さは否めない。

ハラハラとしながら、やり過ごしていたのは八郎だけではなかった。

「もうこれ以上は無理かもしれぬ。俺は、気がおかしくなりそうだ」

八郎より、本山の方が先に音を上げた。

「悪いが、もう無理だ。これ以上は庇い切れない。許せ、伊庭」

それを責めることはできなかった。

確かに、もう限界だと八郎も感じていた。歩けば薩長兵に行き当たる。四方八方薩長兵だらけだ。これでは、誰でも神経が持たない。

だが、行き場がなかった。

御徒町にある八郎の実家には、常に数人の薩長兵がピタリと張り付いていて、片時も離れないそうだ。しかも江戸は、ここ以上に薩長軍の詮議が厳しい場所になっていた。江戸に入ることは自殺行為であった。

「しばらく横浜へ身を潜めていてはどうでしょうか」

途方に暮れていた八郎のために、門弟の一人が、横浜で私塾を開いている尺振八《せきしんぱち》に匿ってもらえるように話をつけてきてくれた。

尺も練武館の門弟であった。

「ありがたい。そうさせてもらおう」

八郎は、門弟の心遣いに感謝し、好意に甘えることにした。

「それはかたじけない」

本山も、深々と礼を述べた。

夢に見ない日は、一日としてない。

「しまった」と思う。

あの一瞬、ほんの一瞬。

毎日思い出す。毎日悔しい。

手を見なくても、そこに手がないことは分かっている。時々、ないはずの手の指が、むず痒く感じたりもする。

だが、もう事は起きてしまったのだ。

考えれば、後悔ばかりだ。それでも、振り返ってばかりいる。

そして、時間が戻ってくれればよいと何度も願う。

取り返しがつかない思いに囚われて出口がなかった。

人見勝太郎たちは、負傷した八郎を置いて奥州へ向かった。それを機に、遊撃隊の袖章の図柄を「日の丸」から「三つ葉葵」に替えた。これからは、日本国家ではなく徳川家を背負って戦う。そういう決意の印だ。

そして、残された八郎は、ひたすら空虚感を持て余していた。

人見は、八郎の分の袖章を置いて行った。それを見ていると、素性を隠してこんな場所に潜んでいることがどうにもやり切れない。

八郎は、門人の尺振八が横浜で開いている英語塾に身を寄せた。塾には、尺の古くからの知り合いという触れ込みで、塾生たちに何の嫌疑も抱かせずにうまく紛れ込めた。

今のご時勢、帝を担ぎ上げた薩長軍が幕府軍とあちこちで戦争しているので、みな疑心暗鬼になってしまっている。

うまく匿われたものの、塾生たちの全員が、無条件に新参者の八郎を快く受け入れたわけではないことは分かっている。

これが癖なのだと言って、常に左手を懐に入れて過ごしている。しかし、それがひどく不自然なことだとも分かっている。

「おい、知っているか。遊撃隊隊長の伊庭八郎という男は、片手がないそうだ」

「ああ、知っているとも。箱根で斬られたのだろう。武士の意地だか知らないが、官軍に逆らって自業自得じゃないか」

「それより、早く捕まってくれないものかな。往来で、官軍の詮議がうるさくてかなわぬ」

塾生たちの話に聞き耳を立てる。しかし、それが自分だと明かすことはできなかった。

噂話に同調するように頷きながら、八郎は左手をいっそうグッと懐の奥へ入れるしかなかった。

塾生たちは、八郎のそんな様子には少しも気づかずに、噂話に花を咲かせていた。

だが、ある日。その癖を、とうとう塾生の一人に咎められた。

「なあ。人の癖にはさまざまあるというが、いくらなんでも目に余る。懐手をするのがあんたの癖でも、常にそうしているのは、尺先生に対して失礼極まりないことではないか」

「そうだ。無礼だ。手を出せよ。俺も前から、ずっと気になっていたのだ」

「そうだ。先生に失礼だ」

すぐに同調する声が続いた。

責められても、八郎に返す言葉はない。出す手がないのだ。言い訳は何もできない。手がないことが知れれば、それで終わりなのだ。自分が指名手配されている伊庭八郎本人であることが知れると尺にも迷惑がかかる。

八郎は、何も言わずに笑ってみせた。

「何だよ。へらへら、へらへらしやがって、薄気味悪い野郎だな」

「まったくだ。何を考えているか、さっぱり分からない奴だ」

「そういえば、素性もはっきりしないよな」

「ああ。先生の古くからの知り合いということ以外、どこの馬の骨だか分からない」

「それに、か細くて、生白くて、女みたいじゃないか。時々咳をしているが、労咳でも患っているのではないだろうな」

「うへえ。それなら、もう傍に近寄るのはよそうぜ」

こうして、とうとう八郎は、塾生たちに村八分の引導を渡された。

それでも八郎は、笑って済ますしかなかった。

天下の幕臣。それも奥詰出身の遊撃隊の隊長である。江戸の町中に鳴り響いた名のある剣士なのだ。そんな素性を知れば、みな腰を抜かすことだろう。しかし、今は黙って耐えるしかなかった。

これは自分への罰なのだと八郎は思う。

あの時、一瞬、不覚を取ってしまった罰なのだ。

思い出すのもいたたまれない悔しさだが、もう戻れないのだ。失くしたものは取り返せない。手は、もう元には戻らない。

こうなれば、無理に他人と和合することもない。いっそ、孤独を楽しむ方が得策であった。

「そうだ。空《くう》だ」と、八郎はあることを思い出した。

宮本武蔵が著した「五輪書」の空の巻に、「空とは無である。有を弁《わきま》えて初めて無の境地を知ることができる」とあった。

有る状態を知っていなければ、無いことには気づけない。有ったことを知らなければ、無くなったことすら分からないのだ。

それなら、無の境地が分かるだけ儲けものなのだと八郎は思った。

それからは、塾生たちから、当番だと称して、故意に両手を使わなければできない仕事ばかりを割り当てられるようになった。

いつまでも、無礼な癖を直そうとしない八郎に対しての、底意地の悪い暗黙の制裁である。だが、ないものは出せない。使えない。無礼を承知で癖を続けている理由も明かせない。

八郎は黙々と割り当てられた作業をこなすしかなかった。

幸いなことに、元来器用な性分なので、ほとんどのことは、時間はかかったが片手でも難なくこなせた。しかし中には、どうしても両手を使わなければどうにもならない仕事があった。それを人目につかない場所で足を使って必死にやり遂げようとしている八郎に、尺の奥方がそっと手を貸してくれた。そして、八郎が一人でやり遂げたように装ってくれた。

八郎は、尺夫婦に対して、言葉に尽くせない感謝を感じていた。

この二人には、終生足を向けて眠れないと思った。

やがて、薩長軍の詮議の手が緩み始めた。会津藩を陥落させたことで意気揚々と祝杯を挙げ始めた。

勝ち戦に、すっかり気が緩んだのだ。

それで安全になったとは言えなかったが、八郎は、そろそろここを離れる時期が来たと思った。

尺は、ずっといてくれて構わないと言ってくれるが、これ以上迷惑をかけるわけにはいかないと八郎は思う。だから別れを告げることにした。

八郎は、別れ際に尺夫婦の写真を頼んで貰い受けた。それを、終生肌身離さず持とうと思った。これから先、気持ちが挫けそうな時に、懐から取り出して眺めるだけで、また前に進めそうな気がしたからだ。

二人の優しさが、二人に受けた恩が、必ず次の一歩を踏み出させてくれるはずだと思った。

新しい明日への一歩を。

第四章

小稲太夫

八郎が尺塾に潜伏中に、世間では、榎本艦隊が仙台にいた幕府軍を引き連れて箱館に立て籠もったという事件でもちきりになっていた。彼らは、箱館から松前、江差など、かつての幕府の所領地を薩長軍の手から奪い返して掌握したという。

「何としても、俺は箱館へ行きたい」

八郎は、呻いた。

榎本武揚は、約束通り箱館へ向かったのだ。仙台には、会津戦から流れた二千人もの陸軍部隊がいたそうだ。その中には、きっと遊撃隊もいただろう。無性に彼らに会いたかった。

「俺は、どうしても箱館へ行かなければならない」

「なあ、伊庭。もうよいのではないか。俺は、箱館になど行かないぞ。船には金輪際、乗りたくもないからな」

本山小太郎は、あんな思いをしたのだからというように、口を尖らせた。

「もう乗りかかった船じゃないか。途中で降りるわけにはいかないだろ」

「そんなものか。乗りかかったが、嵐に遭難して、あっさりと沈没してしまったのだぞ。

それに、あの人は、そんなに信用できるのかな。館山でのことがあるぞ」

「榎本さんは信用できる。昔からよく知っている人だ。俺が、ずっと憧れてきた人だ。それに、この腕の手術を受けた時から、あの人に命を預けると決めたのだ。あの時の手当てがなかったら、俺は今ここにこうして生きてはいない。なあ、本山。俺が腹を斬ろうとした時、必ず榎本さんのところに連れて行ってやると約束してくれたのではなかったのか」

「うむ。それは、まあな。確かに言った。言ったが。しかしなあ、あれは、あの場の勢いというか。言葉の綾ってやつだ。だから、その……ああ、もう。分かったよ。伊庭の、命の恩人だ。憧れの人だ。分かった。分かった。それほど行きたけりゃ、行けよ。もう止めやしない。だが、俺も一緒に行くぞ。箱館へ付いて行くぞ。こうなりゃ、もう、どこまでも、どこへでもだ。地の果てでも付いて行ってやる」

「本山」

八郎は、思わず親友に抱きついた。

「よし、一緒に行こう。本山」

「ああ。行くから離せよ」

そう言いながら、本山も八郎をしっかりと抱き締めていた。

「そうだ。どうせなら甲鉄艦を奪って、それで箱館へ行こう。榎本さんは、あれを欲しがっていた。あれを手土産に加勢すれば千人、いや、万人力になるだろう」

甲鉄艦は、幕府がアメリカに発注していた軍艦だ。開陽丸より小さいが、船の表面を鋼鉄の板で覆った屈強の軍艦だ。今、品川沖に停泊している。鳥羽伏見から戦争が始まったせいでアメリカが幕府への引き渡しを渋り、戦況が落ち着くのを見守っている状態なのだ。榎本が何度も引き渡しの交渉に出向いていたが、アメリカは中立を主張して、戦況が落ち着くまで渡せないと突っぱねた。しかし、軍艦の費用はすでに幕府が支払っているそうだ。

榎本は、それが納得いかないと、ひどく悔しがっていたのを八郎はよく覚えている。今、薩長軍が同じような交渉を続けている最中だ。いずれアメリカが根負けするのではないかと思うほど粘り強く交渉に通い続けている。

しつこいほど、その軍艦に拘り続けているのが長州藩の代表をしている桂小五郎《かつらこごろう》であった。桂は、皮肉なことに、幕府海軍の第一人者である中島三郎助の愛弟子であったのだという。あろうことか、敵の首領を幕府自身の手で育てていたのである。

だが、仮に薩長軍が手に入れたとしても、甲鉄艦は彼らの手に負えるものではないそうだ。薩長軍には一人として、甲鉄艦を満足に操舵できる者がいないのだという。

幕府海軍にならば扱える者がいたというのに、それも皮肉なことであった。

「なあんだ。それなら連中が手に入れても、宝の持ち腐れじゃないか」

安心しろよと本山が言う。

「理屈はそうだが。奴らが、異人ごと手に入れれば話は別だ」

「そうか。じゃあ、俺たちも軍艦を奪った後で、異人を雇えばよい話ではないか」

「簡単に言うな。軍艦を動かすのに何人必要か知って言っているのか」

「悪い。軍艦をかっぱらうにしても、異人ごとかっぱらうわけにはいかないしな」

「どうにも無理だな」

「……だよな」

二人して項垂れた。

榎本たちなら容易に操れたに違いない。あの中の誰か一人でも、ここに残ってくれていれば、どうにかなったかもしれないが、今それを言っても始まらなかった。

「悔しいが、甲鉄艦はあきらめるしかなさそうだ」

八郎は溜め息をついた。どう思案を重ねても無理なのだ。あきらめるしかない。

「となるとだ。伊庭。箱館には、どうやって行く気だ」

「あとは、外国船しかないな。そう思って、それも調べておいた。金さえ払えば乗せてくれるそうだ」

「うむ。俺は、異人と一緒の飯は食えないな。それに、足元を見られて、ずいぶんと法外な値段を吹っかけられると聞いたぞ」

「五十両だそうだ」

「ご、……そんな大金」

「箱館へ行けるなら、俺はちっとも構わない」

「ううむ。だが、その金はどうする」

本山が、八郎を責めるように詰め寄った。

「その金だが。ちょっと、俺に心当たりがある」

八郎は、意味深な顔で本山を見詰めた。

一人、思いついていた。

吉原にいる小稲《こいな》太夫《たゆう》である。

小稲は、八郎にとって初めての女であった。そして、一番好きな他人である。一時期、所帯を持つことを真摯に考えたこともあった。相手は玄人だが、八郎は真剣であった。

そもそも江戸の町には女の数が少ない。男に比べて、圧倒的に少なかった。参勤交代で諸大名が大勢の家臣を従えて江戸に入って来る。諸藩の若者たちが剣の修行や勉学を習いに集う。諸藩を渡る商人たちが新しい品物を手に売り込みに来る。それらはみな男である。

若い娘は、町中を一人歩きもできないほど男の数が多かった。ほんの少し家を出るだけでも、伴に老女が付き添った。男がみな、浅ましく女に飢えていたわけではなかったが、身の危険が常にあった。

それで吉原のような場所が必要不可欠となるのだ。

吉原を武士も町人も商人も利用する。女は複数の男の相手をする。顧客を大勢抱えるほど羽振りがきくようになる。吉原での位が上がる。生活の待遇がよくなる。ただ女に客は選べない。よほど力を持たないと客を選り好むことはできなかった。そして、金の余ったご隠居に身請けされるのが、吉原双六《すごろく》の常套な上がりである。

吉原の女を身請けするには八郎は若すぎた。それに、旗本である。そんな大金も持ち合わせていなかった。

幸い、年上の小稲には分別があった。だが、人より抜きん出て美しい若者に言い寄られて嬉しくない女はいない。好感の持てる一途な若者にやんわりと誓った。

「八郎さんは私にとって、ずっとずっと一番好きなお人です。それを忘れないでくださいな」

商売女の方便かもしれない。だが、本気かもしれない。

「じゃあ、一生好きでいておくれよ」

八郎は屈託なく喜んだ。

「ええ。生涯ね」

しかし、それも女にとっては幸せなことであったろう。

初めて京へ行った時も、二度目に京へ行った時も、八郎は小稲に京土産を買ってきた。持って行くと、喜んでそれを片時も肌身離さず身に着けているような女であった。

きっと、俺の頼みを聞いてくれる。

八郎は小稲のことを本山に打ち明けた。

八郎は、横浜市中すら自由に動き回れない身の上だ。吉原へ行くなど、土台無理な話だ。だから本山に、自分の代わりに小稲のところへ無心に行ってもらえないかと切り出した。

「小稲なら、きっと金を用意してくれる」

八郎は言い切った。

「しかし、いくら何でも、……そんな奇特な女がいるものか。それに、相手は遊女だろう。しかも、太夫……そりゃあ、無理だろ」

本山は、はなから信じられないといった顔だ。

遊女には、四種類の男がいるという。旦那と客、客色と真夫《まぶ》である。旦那は遊女に金を貢ぐ男。客は一度きりの相手。客色は常連客の中で遊女が好ましく思っている男。そして、真夫は遊女が惚れ抜いて貢ぐ相手である。

八郎が真夫であるはずがない。旦那では若すぎる。どう見繕っても客色だろう。遊女が客色のために一肌脱ぐものか。本山は、そう思っている。しかし、藁にも縋る思いでいる八郎の気持ちも痛いほど分かる。

「どうせ、駄目元じゃないか。俺の代わりに行って来てくれ。頼む。これが最後の手段なのだ」

「うむ。俺には、金の当てなどないしなあ。まあ、伊庭が行けというなら行くが、しかしなあ。……まあ、しょうがない。行って来るか」

本山は、しぶしぶだが引き受けた。

八郎は、必ず用意してくれると自信満々に言い切ったが、本山には、やはりどうにも半信半疑だ。実は、本山には遊女によい思い出が一つもなかった。そのせいで、遊女など、よほどの色男か金持ちにしか目もくれないものだと勝手に思い込んでいる。しかも小稲は、吉原美人浮世絵集に載るほど人気者の遊女なのである。

「駄目元ねぇ……」

本山は、横浜から江戸に向かった。

吉原の大門を入ると、八郎に言われた稲本楼に行って小稲を指名した。借り物の一張羅を着てきた。もし、怪しまれて、歯牙にもかけられなかったらどうしようかと内心ドキドキである。

「おや。お客さん。お初だね」

小稲は部屋に入るなり、訝しそうに本山を見た。

優雅な身のこなしで座ったが、警戒しているのが分かる。吉原にも薩長軍が我が物顔で闊歩していた。商人や町人たちは陰では眉を顰めているが、誰も見た目には愛想よく振る舞っている。遊女は、あからさまに毛嫌いしている者と長いものに巻かれる者の二種類がいるらしい。小稲は、そのどちらなのか分からない。

薩長に間違えられたらどうしよう。

本山は、それを危惧していた。

こうなれば、お互い腹の探り合いである。

酒を酌み交わし始めたが、なかなか言い出せない。

この女が味方かどうか分からない。いうなれば、一か八かの賭けである。

ここで、うっかり、お尋ね者の「伊庭八郎」の名を出してしまって、取り返しのつかないことにでもなれば、それこそ元も子もなかった。

なかなか切り出せないまま、刻限だけが過ぎてしまっていた。金で区切られた時間がくれば、小稲はさっさと席を立って行ってしまう。それでなくても売れっ子の小稲には、いつ常連客の指名が割り込むか知れなかった。

あぶら汗を滲ませながら、本山は思い切った。

「実は、ある人から、大事なものを預かってきている……」

そう言うと、懐から恐る恐る八郎が認《したた》めた文を差し出した。

「……何です」

小稲が、露骨に怪訝そうな顔をした。大声を上げられないように本山は焦った。

「と、とにかく、何も言わずに黙って、こ、これを読んでくれないか。伊庭八郎くんから預かってきたものだ」

必死に小声で囁いた。

「え、八郎さん」

小稲もつられたのか、小さく聞き返した。

その顔は、目を見開いて、ひどく驚いている様子であった。

本山がしっかり頷くと、小稲の目が一瞬にして潤んだ。

「ご無事なのですね」と言った。

そして、その文を素早く受け取ると、押しいただくように胸に抱き、隣の部屋へ駆け込んだ。しばらくして、小稲が戻ってきた。目が真っ赤だった。

「本山どの。委細分かりました。私が、お引き受けいたします。明日までに、必ず五十両を用意します。本山どのは、どうぞ今宵はここでごゆっくりとお過ごしください。そして、どうか、あの方の代わりにあなた様を存分にお持て成しさせてください」

小稲はそう言うと、手を叩いて人を呼んだ。

あっと言う間に盛大な酒宴が張られた。

「今夜は、他の客は断っておくれ」

小稲はそう宣言すると、そっと座敷を後にした。実に鮮やかな手際であった。

翌朝、小稲は約束通り五十両を揃えて本山に手渡してくれた。

「たいしたものだ」と、本山は、今さらながら感心した。彼は小稲にではなく、八郎に感心したのである。

夢のような話だと思った。こんな大金は持ったこともなかった。懐に入れた五十両のずっしりとした重みを感じながら、まだ夢じゃないかと思い続けた。

本山が去ってから小稲は、しばらく仕事を忘れたように部屋にこもって出てこなかった。

八郎のことが好きだった。弟のように愛していた。

文面の最後に、もう二度と会えないだろうと書かれてあった。

京から始まった大混乱の中で、無事に生きてくれていたことへの喜びが、瞬時に永遠の別れに変わってしまった。

生きていてくれればよいと思っていた。

片手をなくしたという噂は聞いている。手をなくしても、傷だらけになっても、生きてさえいてくれたらそれでよいと小稲は思ってきた。

しかし、男はそれでは治まらないのだろう。

小稲は八郎のために五十両を作った。五両もあれば一年を暮らせる経済状況の中で、稼ぐには途方もない大金である。小稲が、自分が遊女であることを武器にして作った金であった。後悔はなかった。

金を渡せば八郎は行ってしまう。それでも、渡してやりたかった。

手紙には、箱館に行くための金だと書いてあった。幕府軍が箱館に立て籠もっていることは周知の事実だ。会津、庄内を攻め終えた薩長新政府は、一人残らず討ち果たすと息巻いている。だから、彼らに加担しようとする者を戒め、あらゆる援助を禁止している。

春になれば、蝦夷地の雪が溶ける。

それを待って攻め込むつもりだろう。

つまり、春になれば箱館は戦場になる。

そして八郎は、彼は、そこへ行く。自ら戦場になる場所へ乗り込んでいくのだ。そしてそこで戦うつもりなのだ。

そのことを知って、禁を犯しても八郎の願いに応えたいと思ったのは、小稲の女の意地でもあった。

この期に及んでも、武器を取り、戦うことのできない「籠の鳥」でしかない女の意地である。

だが男は、心にある信念のために命を懸けて戦うものなのだ。たとえそれで命を失っても構わないと一心に燃えるのだ。

その火を消してはいけないと、小稲は本能的に思った。

それなら、存分に燃えて欲しいと小稲は願ったのだ。

自分の身を切って五十両を用意する。それしかできない自分が歯がゆいが、それぐらいでも八郎のために働けることが彼女には嬉しかった。

八郎のためだけではない。他の常連客の消息も分からなかった。みな生きていて欲しいと思う。生きて自身の思いを全うして欲しいと思う。

私にできることはこれくらいのことだけ。

小稲は、八郎が無事でいてくれたことが分かっただけでも嬉しくて仕方がなかった。

だから、せめてその五十両に思いを込めた。

それからの小稲は、幕府軍の兵士たちに手助けを惜しまなかった。彼らはどこかで八郎と繋がっている。そう思えるから、危険を冒しても助けたのだ。

もちろん、遊女である小稲にとって、八郎だけが特別な男であったわけではない。しかし、彼が彼女にとって、彼女が関わった全ての客の象徴になったことは否めない。

本山は、五十両を大事に抱えたまま八郎の下へ急いだ。

「友よ。これで念願の箱館へ行けるぞ」と、心の中で叫んでいた。


八郎は、隠れ家に潜んで、静かに本山の帰りを待っていた。

小稲が金を用意してくれなくとも怨む気持ちはなかった。かつて死ぬほど懸想していた男に無心されて自分から縁を切ったという強い心を持つ女である。遊女に金をつぎ込んでいるうちはよいが、金を惜しんだ途端に見切りをつけられる。遊女の性《さが》とはそういうものだ。遊女の世界で生きるには湯水のごとく金が要る。新しい着物が要る。化粧品が要る。金が物を言うのはどこの世界でも同じなのである。

全てを分かっていて、彼女に頼る以外に方法がなかった。

身勝手な俺を怨んでくれてよいと八郎は思っていた。

小稲が金を用意してくれても、何の礼もできない。それどころか、そのことが知れれば小稲の身さえ危なかった。

「許せよ」

八郎は、小稲を思いながら呟いた。

いつしか雨になっていて、地面に跳ね返った飛沫が濡れ縁にまで届いている。

雨は嫌いだと、八郎は思う。

大坂から敗走した時の、ぬかるんだ道を思い出す。

胸に砲弾を受け、後ろ髪を引かれる思いで大坂城を後にした。あの、ひどく悔しい、侘びしく惨めな気持ちをまざまざと思い出すからだ。

それに、物悲しい。人恋しくてたまらなくなる。

『雨の日は　いとど恋しく思ひけり　我がよき友は　いずこなるらめ』

人見は、遊撃隊は、どうしているだろう。

八郎の頭をそんな思いが掠めた。一刻も早く箱館に向かいたい。彼らに会いたいと思った。尺の塾に、本山が何くれとなく差し入れを持って立ち寄ってくれていた。食べ物が多かったが、八郎が持て余す空虚な心を慰めるためか書物も多かった。その書物の余白に書きとめた歌であった。

もちろん、その時は、本山のことを思って認めたものだ。だが、今は遊撃隊のことを思って口にした。

彼らの顔が、声が、懐かしいと思う。会いたいと思う。

その切実さに、やり切れない思いが募るのだ。こんなところで、身を隠している場合ではない。一刻も早く一緒に戦いたいと血が騒ぐのだ。

「……悔しいではないか」

八郎は思わず呟いた。

そこへ本山が帰ってきた。

「やったぞ。伊庭。五十両だ」

ドカドカと部屋に入ると、本山は大役を終えてホッとしたようにドスンと座り込んだ。

「伊庭の代わりに、俺が、しこたまご馳走になってきたぞ。ああ、小稲さんは好い女だった」

と、彼は幸せそうな顔で笑った。

「そうか。……ちょうどよかった。本降りになってきたぞ」

濡れ縁に立っていた八郎も、部屋に入って障子を閉めた。

「どれどれ、早く見せろ」

向かい合って座った八郎に、本山がしみじみと言った。

「俺は、伊庭が羨ましいよ」

蝦夷へ

本山小太郎が持ち帰ってきた金で、イギリス船と交渉が成立した。

英語塾を開いていることで異人たちと知己を持っていた尺振八の口添えもあって、イギリス商船であるサンライズ号の船長は快く乗船を許してくれた。

「これで箱館へ行ける」

八郎と本山は、船底の積荷に紛れ込んだ。

外国船なら、国際港になっている箱館港に、何の咎めもなく無傷で入港ができるはずだ。

八郎たちを見たら、榎本たちは腰を抜かすほど驚くだろうが、それは後のお楽しみになる。

榎本艦隊が脱走した後を追いかける勇士が、そこに紛れていようとは薩長軍もさすがに思わなかったようだ。サンライズ号は簡単な取り調べを受けただけで、あっさりと出航を許可された。

十一月二十五日。サンライズ号は横浜港から錨を上げた。

「いよいよだな」

本山が八郎に囁いた。

「ああ。いよいよだ」

船が出航したら、甲板にも出られる。

「これだけしっかりとした船なら、今度は大丈夫そうだな」

本山は、まだ先の船が沈没したことを引き摺っている。

「ああ、きっと大丈夫だ」

八郎は笑いながら、それにしても、この日をどれだけ待ち焦がれたことだろうかと思っていた。横浜に目立たぬように息を潜め、塾生に紛れ込んで、この日のために数々の苦難や試練に耐えたのだ。

長かったとつくづく思う。

波に揺られていると、さまざまなことが思い起こされた。今の自分が夢の中にいるようにも思える。目覚めれば、幕府は健在で、何一つ変わらない日常が続いている。

それは、何度も思うことだ。

冗談を言って笑い合った奥詰の仲間たち。初めての京への道中。京での毎日。和やかに過ぎていた日常。

キラキラ光る思い出は楽しいものばかりだ。それが、ずっと続くと思っていた。ところが、町で行商人が売り歩いていたシャボン玉のように儚く跡形もなく消えてしまった。

あれが夢だったか。今が夢か。

八郎は、感傷的になって海を見詰めていた。もうずいぶん進んだはずなのに、津軽半島がどこまでも付いてくる。蝦夷はどこまで遠いのかと思った。

「おい、イングリッシュチィを貰ってきたぞ」

本山が、イギリスのお茶を持って甲板に出てきた。

「あれだな。俺は、ずっと異人を毛嫌いしていたが、話をしてみると面白いものだな。うむ。好きになった。イギリス人は、さほど悪い人種ではないぞ」

本山は無邪気だ。だが、八郎はこの船旅を、それほど楽しめなかった。イギリス人を好きになれなかったからだ。

イギリス人は話し声がとても小さい。それが、お国柄なのかは知らないが、みなモゴモゴと口の中だけで話すので言葉が聞き取りにくい。声の小さい奴は、内に何かを抱え込んでいるような気がしてならない。

それは信じてもよい好意なのだろうか。笑顔に隠している悪意なのだろうか。

敵なのか、味方なのか。いや、この先、敵になるのか、味方になるのか。それが分からないからであった。

現にイギリスは薩長軍の背後にいる。薩長軍がふんだんに使う西洋兵器はイギリスが用立てたものだ。だが一方では、こうして箱館への密航を手助けしてくれるのだ。

「ふうん。では、日本のお茶は英語では何と言うのだ」

八郎は、お愛想のように聞いた。

「何だよ、伊庭。英語なら伊庭の方がずっと得意なはずだろ。俺に聞くか。しょうがないな。そりゃあ、やっぱ、ヤッパネースチィだろ」

本山が、ガハハと声を上げた。猜疑心の欠片もなかった。

屈託のない奴だと八郎は思った。ある意味、羨ましくもあった。

「俺は、つい疑ってしまう」

八郎は、虚しかった。しかし、無理はない。

信じ切って寄りかかっていた頑丈な壁が忽然となくなってしまう経験をしたのだ。一歩一歩踏みしめて登った坂道を、あっと言う間に転がり落ちた。気づけば何も持っていない。失くしたものばかりだ。

この門出にも、何もかも、一切合切を置いてきていた。あるのは、この身一つだけだ。

「空か」

いつもそうだな。

八郎は苦笑いが込み上げてきた。

本山は、そんな八郎に反して、始終上機嫌だった。

やがて、サンライズ号は箱館港に入った。そういえば、いつからか津軽半島が見えなくなっていた。

慶應四年（一八六八年）、十一月二十八日の夕刻。

箱館に入港したサンライズ号を見分に来た幕府海軍士官が目を見張った。

「遊撃隊の、伊庭隊長じゃないですか。……驚いたな。夢じゃないですよね」

士官は、そう言って自分の目をこすった。

「ああ。腕は一本しかないが、足はちゃんと二本あるぞ」

八郎は笑って言った。

「伊庭さんだ」

「ああ。確かに伊庭さんだ」

聞きつけた士官が次々寄ってくる。八郎の左手を確認して、「伊庭さんに間違いない」

と納得する。

片腕の剣士は、ここでもそれほど有名であった。

「よくぞ来てくださいました」

八郎たちは海軍の大歓迎を受けた。

これだけ喜んでもらえるのなら、苦労して来た甲斐があったというものだ。八郎は、久しぶりに心から晴れ晴れとして笑った。

雪が降っていて、見ている間にもサンライズ号に積もっていく。

「しかし。ここは寒いなあ。酒を手放せそうにないぞ、こいつは」

本山が言った。

八郎は、腕の手術をしてから酒を好んでは飲んでいない。飲むと、腕を切り直した手術の痛みをまざまざと思い出すからだ。しかし、今日ばかりは特別だろうと思った。

八郎の到着を聞きつけて、陸軍からも大勢の人間が港に駆けつけてきた。ほとんど知った顔ばかりだ。今夜早速、歓迎の酒宴を開いてくれるという。彼らは、江戸の話が聞きたくてたまらないのだ。幕府陸海軍三千人で仙台を出てから、はるばる蝦夷へ来て、箱館、松前、江差を掌握した。ようやく人心地がつけたら、思い出すのは故郷のことだ。もう戻ることのできない懐かしく愛しい体温の宿る場所だ。

今夜は声が嗄れるまで、江戸の状況を話してやろうと八郎は思った。

「箱館へ来てよかったよ」

本山が八郎に囁いてきた。

八郎たちは、歓迎する人垣に囲まれたまま、箱館港から本営のある五稜郭に案内されることになった。

五稜郭は五角形の星の形をした西洋式の城で、戦闘に効率的な造りになっているという。港にも築島台場と弁天台場があった。特に弁天台場は、総石造りの堅牢極まりない砦であった。

「榎本さんが箱館に拘った理由はこれか」

八郎は、榎本が思い描いていた国家が夢ではなかったことを実感していた。

箱館港に並ぶ二つの台場には、いくつもの砲台が備え付けられている。

箱館平野の終点に位置する箱館山は、海側が絶壁になっている。

薩長軍が来ても、攻めあぐねるだろう。

ここで新しい国を創るのも悪くはないと思った。

「ところで、開陽丸の姿が見えないが。どこかへ出張《でば》っているのかな」

本山に、また囁かれて港を振り返ると、榎本艦隊の主艦の姿だけが確かに見えなかった。

だが八郎は気に留めなかった。

「とうとう来たな」

八郎の胸に、しみじみと去来する思いがあった。やっと箱館に来られたのだ。美賀保丸が沈没してから本当に長かったのだ。

「なあ、伊庭。箱館は、どこからでも海が見えるぞ。この坂も、どの坂も、まるで海から生えているようだ。ここからなら、世界中のどこへでも行けるということだな」

本山も浮かれていた。

再会

箱館から市街地を抜け、真っ直ぐの一本道を二里ほど行った先に五稜郭があった。星型に土塁で囲まれた城壁は、戦闘時に死角がない造りになっているという。外堀があって、水面にはカモメが浮かんでいた。城内へ入る門は、表門と裏門と東門の三箇所であった。

橋を渡って表門から城内に入ると、かつて幕府が統治していた箱館奉行所が現れた。唐《から》破風《はふ》の玄関を持ち、望楼がある。それを、そのまま本営として使っている。

「ここが新しい国家の本拠地か」

八郎は感慨深げに望楼を見上げてから、玄関を入った。

榎本武揚は、奉行所の中にいた。

「伊庭くん。伊庭くん。よく来てくれたね」

榎本は、両手で八郎の右手を握り締め目を潤ませた。

「ありがとう。よく来てくれた。よく無事でいてくれた。よかった。よかった」

房総沖ではぐれた咸臨丸は、下田で修理中に薩長軍に拿捕されて、乗っていた者たちのほとんどが殺されたそうだ。美賀保丸から脱出できた者も、ほとんどが薩長軍に見つかって殺されていた。榎本のところには、乗っていた者はともに全滅だったと伝わっていたようだ。八郎の無事な姿を見て、榎本は心底喜んでいた。

「手土産に甲鉄艦を持って来たかったのですが、どうすることもできませんでした」

「そうか。そんなことを考えていてくれたのか」

榎本は感激したように何度も頷いた。

「お役に立てなくて済みません」

「謝ることなどないさ。いや、謝るのは私の方かな。実は、開陽丸を失ってしまった」

「え。開陽丸を……」

榎本の話では、江差を攻略する折に、蝦夷の海特有の突然の大嵐が起こり、江差沖で座礁し、沈没してしまったのだという。開陽丸を救おうとした神速丸も沈没してしまったそうだ。

開陽丸ほどの大きな軍艦でも、そんなに簡単に沈んでしまうのかと八郎は驚いた。そして、海軍の主艦をなくしてしまったことは、この上なく手痛いことであろうと思えた。しかし榎本は、すでに状況を冷静に割り切って前を向いていた。

「そのうち、新しい軍艦を手に入れる」

少々、負け惜しみのようにも聞こえたが、榎本は、今度は開陽丸以上の軍艦を手に入れてみせると話した。

「なあに、全てはこれからだよ」

その胸に、希望があるように榎本は余裕の表情を見せた。

「しかし、先立つものはあるのですか」

江戸城内や日光に蓄えていた金銀は、すでに使い果たしているはずだった。

「なあに。ちゃんと考えている。箱館市民や諸施設に収税をかける。外国船に港の使用料を科す。諸外国とも交易する。金なら、これから蓄えればよい話だ。まあ、いずれにしても、諸外国が我々のことを交戦団体と認めてくれたのだ。今は、そのことに祝杯を挙げていてよいのではないか。我々は国際法に則った一国家となったのだ。全てが、こちらの希望通りに運んでいる。とりあえずのところは、それでよいのではないか。薩長とも正々堂々と渡り合える立ち位置になったのだ。そうだろ、伊庭くん。物事には順序というものがある。これればかりは焦っても仕方がないよ」

「そうでしょうが、楽観していてよいものでしょうか。いざとなったら、異人は得な方に付くに決まっています。信用はできません」

「伊庭くんは、案外取り越し苦労な性分なのだな。大丈夫だ。それもちゃんと考えてあるよ。ここへ来てすぐ異国の船長たちを盛大に持て成しておいた。抜かりはないよ。彼らが逐一向こうの情報を流してくれる手筈にもなっている。彼らは味方だよ」

　榎本は楽天家だ。物事を深く考えないのではなく、よい方に考えてしまう傾向がある。頭はよいが、人もよすぎる。甘いなと八郎は思った。苦労人の八郎には、どこかそれが危なっかしい綱渡りのように思えた。

「伊庭くん。船旅で疲れただろう。きみたちの歓迎会は明日にしよう。今夜は早めに休むとよい。すぐに宿の用意をさせよう」

榎本に言われて、八郎は素直に頷いた。しかし、若い八郎には、少々疲れたから休むという観念など持ち合わせていない。この後、陸軍の仲間と酒盛りをする約束があった。

「おい。挨拶が済んだら早く行こう。港には飯屋や遊郭がひしめいているそうだ」

本山も、ちっとも疲れていない様子で八郎をせっついた。

五稜郭を出掛けに、八郎は、もう一人懐かしい男と再会した。

普段は、余り感情を表に出さないことを売り物にしているような、苦み走った色男の土方歳三である。数人の供の者を引き連れている。それが、八郎を見て、ニッコリと相好を崩した。

「やあ、これは、これは。伊庭の小天狗先生じゃないか。久しぶりだな。榎本さんから、房総沖で別れたと聞いていたが。さすがは天下の伊庭八郎だな。房総沖から泳いで来たのかい」

土方は、新撰組鬼の副長から、お調子者の薬売りに戻っていた。

「ああ。久しぶりだ。途中でイギリス船に拾われたのだ」

八郎は、懐かしさに心が弾んでくるのを感じていた。

「そうか。よく来たな。ここまでくれば、お互い腐れ縁だな。いやあ、お互いに往生際が悪いというべきか。しかし、会えて嬉しいよ。ここでまた八郎くんと枕を並べて寝られるとは光栄だな」

土方が、こんな風に上機嫌でペラペラ喋るのがよほど珍しいのだろう。お供の連中が、キョトンとした顔をして、土方と八郎の顔をしきりに見比べている。

「土方さんも、すっかり武人らしい風格がついたものだな。それに、やっと独り立ちする気になったのだな」

「それが、まったく性に合わなくてなあ。困ったものだよ。こう見えて中味は、ちっとも変わっていないのだからな」

「なんだ。好きな女をあきらめ、自分の人生をそっくり投げ捨てて、明けても暮れても近藤、近藤。ここへ来ても……まだ、近藤さんなのか」

「ああ。きっと、俺は、死ぬまで近藤だよ。いや、死んでも近藤かな」

土方は笑った。ここまで惚れ込まれれば、義兄弟の近藤勇も本望だろう。だが、それは他人事ではない。八郎も、徳川家に根っから惚れ込んでいる。だからこそ、ここまで来たのだ。そして、命も惜しくないと思っている。

「それにしても、土方さんの活躍ぶりは、江戸にまで届いてきていたよ。凄いよ」

八郎には、目の前に立つ土方が眩しく見えていた。自分の信じる義のために一途に生きて、今や押しも押されもせぬ陸軍の総大将なのだ。

「凄いのは、伊庭先生の方だ。その腕。片手だけで敵を斬り倒し、その勢いで岩まで切り裂いたというじゃないか。さすがは練武館の小天狗どのだ。銃だって自在に操れるそうじゃないか。実に頼もしい」

土方にこうして手放しで褒め上げられると、何となくくすぐったかった。

「今夜、陸軍の連中が、俺の歓迎会を開いてくれるそうだ。土方さんも一緒にどうだい」

積もる話をしたいと思った。

「いや、悪いが、俺は、酒を止めた。この寒さだ。誰かが正気でいないと、志を見失ってしまうからな。もう飲まないと決めたのだ」

「それは、どういう意味なのだ」

「うむ。まあ、死ぬのは俺だけでよいということかな」

土方は、そう言うと空を見上げた。

箱館の空は、どんよりと重いような灰色の空だ。雪が降るしか能がない薄暗い空だ。あっと言う間に夕刻がやってきて、とっぷりと墨を流したような闇に包まれるのだという。どうにも気が滅入る空であった。

土方は江戸を出る前に、近藤勇の処刑を見届け、労咳で倒れた沖田総司を看取っていた。土方は、ここに来るまでに、試衛館の仲間を一人残らず失っていた。

土方も、何もかも失ってきたのだと八郎は思った。

「なあ。ここは、まるで水墨画の世界のようだろう。時間が止まっているようにさえ思える。だが、本当は動いている。音も立てずに降る雪のようにジワリジワリと進んでいる。それはそれで風情かもしれないが、俺は春が待ち遠しいよ」

「そうか……」

土方さんは、死に急ぎたいから春が待ち遠しいのだろうとは冗談にも言えなかった。その言葉を飲み込んで、八郎も空を見上げた。西の空に、宵の明星が瞬いていた。

横浜を出る時、薩長は着々と箱館を攻める準備をしていた。春になれば決行すると息巻いていた。

八郎は、いつ、戦争が始まっても構わないと思っていた。いつ薩長がやって来てもよいと思っている。そのために来たのだ。そして、必ず勝ってみせるのだと決めつけていた。ここにいる三千人もの仲間。しかし、たった三千人でもある。

敵は、薩長だけか。どれだけの諸藩が加担するのか。外国勢はどうなのか。

英才揃いの海軍は、みな落ち着き払っている。だが、それを考え始めると八郎はいても立ってもいられなくなる。

鳥羽伏見戦からずっと、命懸けで戦ってきた。武器の違いも士気の違いにも気づいている。冷静な態度の海軍より、ずっと冷静に戦況が見えている。

必ず勝つと思っているが、それだけのことだ。

「なあ、相棒。死に急ぐなよ」

連れ立って岡場所へ行く時に、土方は決まって八郎のことを相棒と呼んだ。そして、人は裸になれば、身分も年齢も関係ないからだと笑った。

「ああ。相棒。死ぬなよ」

八郎も言い返した。

一緒にいた時間は短い。だが、繋がりは濃かった。道場破りの助人に駆り出されるのは楽しかった。特に、試衛館に呼ばれるのがとても楽しかった。土方がいたからだ。

謝礼の蕎麦を一緒に食い、町へ遊びに出かける。五人兄弟の嫡男である八郎が、唯一甘えられる相手であった。

「八郎くん。必ず薩長に勝とう。いいか。お前たちも気を抜くなよ。気を抜く奴は、この俺が薩長より先に、この手で叩き斬ってやるからな」

土方は供の者たちを振り返って言った。彼らは、土方にすごまれたというのに、一様に嬉しそうな表情を浮かべて「はい」と力強く返事をした。

土方に、心酔し切っているようだった。

「土方さん。俺は遊撃隊に戻るよ」

八郎は言った。

「そうか。遊撃隊は松前にいる。雪が深いから、気をつけて行けよ」

土方はそう言って、松前の方角を指差した。その先に、五稜郭の土塁端に植えられた松林が広がっている。松の枝が、早くも夜の闇に紛れようとしていた。

「ああ、分かった」

土方が指差した雪景色の向こうに、遊撃隊の仲間たちの顔が次々と現れてきた。


雪は、少ないところでも膝まで埋まるくらいに積もっている。江戸から北上しながら戦ってきた連中には、さほど珍しい雪でも寒さでもなかったろう。しかし、八郎たちは横浜からいきなり白銀の世界に飛び込んだ。だが、水墨画のように美しい景色に見とれたのは束の間だ。そんなものには、半日で飽きた。美しさより寒さが身に沁みて切実だからだ。

何せ、これほど寒い思いをしたことがない。蝦夷の冬は、土も凍る冷たさなのだ。そのせいで、五稜郭の土塁に石垣を積むことを建設者が断念したほどである。

「雪だ」

最初は歓声を上げていたが、だんだんこの冷たさが嫌になってきた。

本山は寒さを紛らわせるために大量に酒を飲んだ。彼は年とともに酒乱がひどくなっている。飲めば人格が変わるのだ。陽気になるならよいのだが、凶暴になる。普段の温厚さはどこへいくものか、突然大声で叫んだり、いきなり走り出したり、素っ裸で踊り始めたり、何をするか分からない。

「伊庭。俺は、雪が好きだぞ。大好きだ」

言うなり雪の中へ飛び込んだ。

本山の巨体が、すっぽりと雪の中に消えた。首まで埋まっている。あまりにも深く埋まってしまったせいで、自力では抜け出せない。

その場に居合わせた者が、全員で力を合わせなければ雪の中から引き出せなかった。本山を引き上げた後、みなで大笑いした。

「馬鹿だなあ」

だが、こんな馬鹿なことをしていられることが無性に嬉しくもあった。京で戦端が開かれてから、笑うことなどついぞなかったからである。

春が来れば、薩長軍は攻めてくる。

もちろん、心の準備はしている。いや、戦うためにここへ来たのだ。ここまで。この雪深い最果ての地まで。しかし、みな若い。命を惜しまないほど若い。明日が人生最後の日であったとしても、明日が無限にあるように生きている。

箱館に着いてから一週間と経たない十二月三日。八郎は遊撃隊が駐屯している松前に向けて出立した。本山は箱館に残った。雪の中は歩きたくないと言い張った。

もっとも、本山は箱館に来る気などなかったのだ。八郎が心配でならなかったから付いて来ただけなのだ。彼は、八郎を無事に送り届けて、自分はもう用がなくなったとでも思っているようだった。

それならそれでよいと八郎は思っている。本山を、無理矢理に戦争が待つだけの場所に引きずり込んでしまった負い目がある。本山はもう江戸に帰ることができないのだ。今さらの、勝手な言い分になるが。だったら、せめて、自分の気持ちを大事にして欲しいと八郎は思っていた。

八郎は、箱館から船で松前に入った。

松前には要害堅固と謳われた福山城がある。

最北の藩となる松前藩は、稲作のできない極寒の地として、将軍より年貢米を免除されていた唯一の藩である。藩主は武田家の血を引く松前徳広《まつまえのりひろ》であった。だが、藩主自らが奥州越烈藩同盟に参加するために仙台入りしている間に、留守居の者たちが勝手に薩長側に寝返ってしまった。以後、薩長軍の支配下に置かれ、津軽藩の所領となっていた。

松前は漁業が盛んだが、江差のように大量の鰊は取れない。その代わりというわけではないが、先住民のアイヌ民族との交易独占権を持っていた。

松前の浜に下りると、海風が一気に体温を奪った。あっと言う間に身体が冷え切った。

福山城近くに着いた頃には夕刻になっていた。踏みしめる雪の冷たさで足先の感覚がすっかりなくなった。

沖の口にある城門の前で、警備のためらしい野営をしているのが見えた。その松明の灯りを頼りに近付いていく。近付くにつれ、見慣れた顔がぼんやりと見えてきた。城の外で野営をしていたのは遊撃隊であった。

「いた。遊撃隊だ」

八郎が呟いたのとほとんど同時に、向こうからも八郎の姿を認めた数人が駆け寄ってきた。

「伊庭隊長」

口々に叫んで走ってくる。みな泣いている。人見に預けていた八郎の隊士たちであった。

「やあ、久しぶりだ」

人見勝太郎も駆け寄ってきた。

「伊庭。足はあるよな」

人見が珍しく冗談を言って抱きついた。

「ここまで来るのに苦労したよ」

人見たちの顔を見て、八郎の気持ちが一気に緩んだ。

「そうか。よく来た。会えて嬉しい。嵐で、伊庭の乗った船が逸れたと聞いて心配していたのだ。伊庭を置いてきたことをさんざん後悔した。……でもまあ、伊庭のことだから、身体が半分に裂けても、ここへやって来ると信じていたよ」

人見は、端正な顔を崩して頷いた。やっと会えたというように。

そして人見は、会って早々に、八郎に預かっていた隊を返すと言った。八郎は、自分は平隊士でよいと辞退したが、人見も隊士たちも、それを聞き入れなかった。

「そうか。腕を切り直したのか。そいつは大変だったな。……林の殿様たちとは別れたよ。あいつらは、自分たちは徳川のために戦ったのであって、ここへ来る義理はないと言ったのでね。仙台で袂を分かった。結局、東北政権は機能する前に消滅してしまったのだ」

人見は、品川で別れてからこれまでの顚末を話してくれた。

「開陽丸は嵐のせいで座礁して、あっけない最期だったよ。江差攻略に海軍さんのお力は要らないと、俺は榎本さんに強く言ったのだが、蝦夷に着いてから陸軍ばかりが手柄を挙げていると海軍方に不平が募っていたようだ。江差に出向いて大砲の一発でも撃たせれば、気が治まるだろうと榎本さんが押し切ったのだ。とんだことになっちまった。今さら愚痴っても仕方のないことだが。もったいないことをした。もっと強く止めればよかったと後悔したよ。榎本さんも取り返しの付かない短慮なことをしてくれたものだ」

「……そうか」

八郎も神妙に話を聞いた。死んでも甲鉄艦をここへ持ってくるべきだったと思った。

「伊庭。お前だから腹を割って言う。俺は、ここを死に場所と決めたぞ」

人見は、真剣な眼差しで八郎を見た。

「開陽丸なしで我が軍に勝ち目はないだろう。俺は、ここを死守する。ここで死ぬ」

人見は、真っ直ぐな目で言い切った。

ここには遊撃隊とともに陸軍隊などの、他の部隊も一緒に駐屯しているそうだが、遊撃隊の結束は少しも変わっていなかった。

「分かった。ここが遊撃隊の最後の居場所だ」

人見が松前を死に場所と決めたのなら、八郎にも異存はなかった。

こちらに開陽丸がなくなったことを薩長軍が知るのは時間の問題だろう。知れば、意地でも甲鉄艦を手に入れて、ここへ乗り込んでくるだろう。そうなれば、榎本海軍は歯が立たない。

万が一にも負け戦になるのなら、「せめて遊撃隊の名にかけて、華々しい散り方を選びたい」と、人見はそれを言っているのだ。

話したいことは、お互いに山ほどあった。それが、顔を見た途端に、堰を切ったようにとめどなく口をついて出た。八郎も、身体が冷え切っていたことなど、すっかり忘れていた。

だが、八郎の身体がそれを忘れていなかった。八郎は、正直に大きなクシャミを辺りに響かせた。

「ああ。こんなところで長話をして悪かったな。身体が冷えただろう。さあ、城に入って暖を取るとよい」

人見に促されて、大手門より三の丸へ入る。福山城は、複雑に入り組んだ造りになっていた。本丸への道のりが、右へ左へと曲がりくねり迷路のようだ。

「こいつのせいで、なかなかに攻めあぐねたのだ」と、人見が言った。

ようやく辿り着いた城内にも懐かしい顔が待っていた。

大広間に集まって暖を取っていた隊士の中に、ひときわ目立って美しい男が見えた。

「おい。春日じゃないか。無事だったのか」

八郎は、春日左衛門の顔を見つけて叫んだ。八郎の顔が自然にほころんだ。

「よお。伊庭。よく来たな。早く、こっちへ来て暖まればよいぜ。またよろしく頼むぜ」

奥の方で胡坐を組み、その膝に頬杖をついて火鉢を囲んでいた春日も、八郎を見て笑顔になった。

彰義隊に入っていた、奥詰以来の仲間との再会である。

美男で名を馳せていた春日は、その容姿でも剣の腕前でも常に八郎と伯仲してきた。

それにしても、敵に完全に包囲され、砲弾が雨のように飛び交う中を抜け出て来た腕はさすがだ。

彰義隊が立て籠もっていた寛永寺の門跡である輪王院を無事に外へ連れ出すために、急遽、腕利きたちによる決死隊が組まれたのだという。しかし、精鋭揃いとはいえ、敵が敷いた包囲網を突破することは容易なことではなかったろう。

よくぞ無事に生きていたなと八郎は思った。

人見とは、磐州の小名浜で再会できたらしい。遊撃隊より先行していた陸軍隊の隊長こそが春日であったのだ。以後、二人は行動をともにしてきたようだ。

人見と春日は、朱子学を修めた者同士、出会ってすぐから肝胆相照らす仲であった。剣の腕は、春日の方が強かった。人見は、京で習ったという西岡是心流。一刀流免許皆伝の春日は、道場を持つ印可まで得ていた。春日は、江戸詰めの遊撃隊に配属されていた。

「そうか。よろしく」

仲間との再会。温まっていく身体。

八郎は、ひどく満ち足りた気分であった。

箱館共和国

松前に着いた翌日から、八郎も隊士を引き連れて松前城下の巡回を始めた。

松前には津軽藩から移ってきた者が多いせいで、松前市民のほとんどが津軽弁を話す。八郎には、彼らがサンライズ号の乗組員以上に、何を喋っているのかさっぱり分からなかった。しかも、津軽藩は、薩長軍である。そのせいか、市民たちは幕府軍に非協力的で、敵対意識をむき出しに接してくる。

彼らに言わせると、松前は、幕府軍に統治されているのではなく、不当に占領されているのだそうだ。

城の傍にある法華寺には、寛政年間に池大雅が描いたという天井画の「八方睨みの龍」があって、その下に立って手を叩くと龍が啼くのだという。この寺を根城にして福山城攻めをしたのだと人見が説明した。

食事は、海の幸満載で旨かった。

寒いこと以外に不満はなかった。

城内の広場で、松前勢は連日稽古に励んだ。剣術、砲術、銃を手に、架空の標的相手に、休むことを惜しんで演習を繰り返した。

しばらくして、松前に駐屯する陸軍兵士が増員された。新しくやって来た仲間を迎え入れていると本山小太郎が混じっていた。

「本山」

「伊庭。俺も、松前に行きたいと志願してやって来た。やっぱり、伊庭の、その女泣かせな色男顔を見ていないと、どうにも落ち着かないからな」

「そうか。それでは、どうかお手柔らかに頼む」

「えっ、それは、どういう意味だ」

「別に、他意はないから気にするな」

八郎は、笑って誤魔化した。

酒乱は、酒に酔っている自分の醜態を知らないから、自覚がないのだ。本山にとっての、唯一だが、消しがたい汚点である。親友とはいえ、さすがにそればかりは「あばたもえくぼ」とはいかなかった。

だが、またこれで一段と楽しくなったものだと八郎は思った。


十二月の末に、五稜郭で選挙が行なわれ、総裁、副総裁を始め、各主要幹部が決定された。榎本武揚念願の箱館共和国が発足したのだ。

百五十六票という大量票を獲得して、総裁に選ばれた榎本は、声高に共和国の発足宣言をしたという。

その後、箱館港から五稜郭まで、居合わせた総員で箱館市民や異人船への披露目のための大行進が行なわれたそうだ。

夜を徹しての盛大な祭りであったようだ。

松前勢は、その選挙や大行進などには参加できなかったが、こちらにも豪勢な酒や肴が送られてきていた。

「選挙では、伊庭にも一票が入ったそうだ」

本山は、自分が得票したように嬉しそうな顔で言った。

「物好きだな。誰か知らぬが、俺に入れた奴はよほどの物好きだ」

八郎は、そう言いながらも、誰が自分に投票したのか気になった。

「有名人だからな。伊庭は」

いろんな意味でと付け足して本山が笑った。

「それは、どういう意味だ」

八郎は、ムッとしたように拳を作り、声を低くして本山に迫った。

「まあまあ。落ち着け、伊庭。しかし、代表者を選挙で決めるというのは、榎本さんらしい斬新な発想だな」

人見が八郎と本山の間に割って座り、二人を取り成しながら笑った。

その人見は、無得票ながら松前奉行に決まっていた。もっとも、遊撃隊が投票していれば全員が人見に入れただろう。

春日左衛門には四十三票も入っていたそうだが、役職にも選ばれていなかった。

何でも、選挙の一切を取り仕切ったのが、彰義隊を追い出されたというイワクを持つ渋《しぶ》沢《さわ》成一郎《せいいちろう》だったそうで、どうやら、上野で戦った彰義隊の生き残りの得票は、全員故意に反故にされてしまったようだ。

まず、選挙で総裁と副総裁、海軍奉行と陸軍奉行を決めた。その後、その四役で話し合って他の役員の選出をしたのだそうだ。

総裁、榎本武揚。

副総裁、松平太郎。

海軍奉行、荒井郁之助。

陸軍奉行、大鳥圭介《おおとりけいすけ》。

陸軍奉行並　土方歳三。

海陸裁判局頭取兼箱館市中取締役、土方歳三、竹中重固《たけなかしげかた》。

箱館奉行、永井《ながい》尚志《なおゆき》。

箱館奉行並　中島三郎助。

松前奉行、人見勝太郎。

江差奉行、松岡四郎次郎《まつおかしろうじろう》。
江差奉行並　小杉雅之進《こすぎまさのしん》。
開拓奉行、澤太郎左衛門。
会計奉行、榎本道章《えのもとみちあき》、川村録四郎《かわむらろくしろう》。
軍艦頭、甲賀源吾。
歩兵頭、古屋佐久左衛門《ふるやさくざえもん》、小野権之丞《おのごんのじょう》。
以上の役が決定された。

陸軍は、伝習隊を養成するために幕府に雇われていたフランス人の軍人たちを顧問として新たに編成された。

列士満《レジマン》（ｒｅｇｉｍｅｎｔ：連隊）という名称で、陸軍奉行の大鳥圭介と土方歳三の下に、二隊一列士満として四列士満の八隊からなる。他に砲兵、工兵、病院掛なども含まれる。

海軍は、荒井郁之助の下に回天丸、蟠竜丸、高雄丸、千代田形丸の艦長が連なる仕組みだ。長鯨丸は、庄内藩へ応援に向かった折に酒田付近で難破していた。

第一列士満、第一大隊長、滝川充太郎《たきがわみつたろう》。第二大隊長、伊庭八郎。
第二列士満、第一大隊長、大川正次郎《おおかわしょうじろう》。第二大隊長、松岡四郎次郎。
第三列士満、第一大隊長、春日左衛門。第二大隊長、星恂太郎《ほしじゅんたろう》。

第四列士満、第一大隊長、永井蠖伸斎《ながいかくしんさい》。第二大隊長、天野新八郎《あまのしんぱちろう》。

砲兵、関広右衛門《せきひろえもん》。

工兵、小菅辰之助《こすげたつのすけ》。

器械、宮重一之助《みやしげいちのすけ》。

病院、高松凌雲《たかまつりょううん》、小野権之丞《おのごんのじょう》。

回天丸艦長、甲賀源吾。

蟠竜丸艦長、松岡磐吉。

高雄丸艦長、古川節三《ふるかわせつぞう》。

千代田形丸艦長、森本弘策《もりもとこうさく》。

八郎は、第一列士満の第二大隊長を任された。片腕であるにもかかわらず、隊長として一隊を任されたのは特別なことであった。

そして、伊庭隊と春日隊は松前に、松岡隊は江差に、他の列士満は箱館などに詰めることになった。

つまり、八郎は人見と春日と一緒なのだ。真に、遊撃隊の復活である。

「よかった」

人見は、榎本の配慮だと喜んだが、八郎は、そういうことに気が回るのは土方だろうと思った。

本山小太郎は、薩長軍との戦闘が始まるまでは、松前と箱館との連絡係になっていた。

松前隊は、大いに張り切っていた。気心の知れた仲間たちと一緒にいられることが嬉しかった。何より、ともに薩長軍と戦えることが嬉しかった。

朝から晩まで、日々時を惜しんで演習に精を出した。

「冥途までともに行こう」

人見が言った。

第五章

敵艦襲撃作戦

三月に入って、イギリス船の船長から、件の甲鉄艦を筆頭に、薩長軍の艦隊が品川沖を出航したという情報がもたらされた。

「ついにあれが薩長の手に渡ったか」

それを聞いた榎本武揚が、搾り出すような声を上げたという。

「それで。ああ、もったいをつけるな、本山。早く、その先を言え」

八郎が、その先を促す。

本山小太郎が箱館から持ち帰ってきた情報に、みな釘付けになっていたのだ。

「へへへっ。それで、甲鉄艦を奪いに行くそうだ」

「奪うって、いったい……」

人見勝太郎が言葉を失う。

「ああ。そうさ。奪うそうだぞ」

本山が得意そうに言い直す。

「だから、どうやって奪うのかを早く言えよ」

八郎が、じれて本山を小突いた。

「いてっ。へへへ。回天丸の艦長で、軍艦頭の甲賀さんが言い出したことのようだ。敵艦隊が燃料補給に立ち寄る最終地となる宮古湾で不意を襲って分捕る作戦だそうだぞ。襲撃に向かうのは、回天丸、蟠竜丸、高雄丸の三艦で、海軍奉行の荒井さんが直々に出動するそうだ。襲撃の斬り込み隊長は、これも陸軍奉行の土方さんが直々にということだ。我が国家を挙げての一大作戦になる」

「それは、つまり。土方隊が敵艦に乗り移って奪うということか」

海軍の画期的な作戦に、人見は興味津津だ。できれば自分も行きたいと思ったのだろう。

「まあ、一か八かの作戦だな。失敗しても、箱館へ戻ってこられる保証はないそうだ」

本山が付け足した。

「そうか。だが、土方さんになら任せて安心だぜ」

春日左衛門が口を挟んだ。陸軍部隊は、江戸を出てからずっと、大鳥隊と土方隊の二隊に分かれて各地で転戦してきたそうだ。仙台でそれに合流した春日たちは、土方隊に所属したそうだ。

「土方さんは信用できる人だぜ」

春日はしみじみと言った。

「確かに、伝習隊は頭だけだからな」

すぐに人見が、春日の言に賛同した。人見はあえて伝習隊と言ったが、伝習隊の大元締めが大鳥圭介なのである。

人見が言うのには、なんでも蝦夷に到着後すぐに森港から箱館へ向けて、人見が榎本の書面を持って陸軍部隊より箱館へ向けて先行したのだそうだ。その時、大鳥圭介が自分の腹心の本多幸七郎《ほんだこうしちろう》の一隊を強引に同行させたのだという。

そして、その後を、大鳥隊が内陸の街道を、土方隊が寒風吹き荒《すさ》ぶ海沿いの街道を進んで箱館へ入ったのだそうだ。

先行した人見たちは、途中で箱館にいた薩長軍の兵の待ち伏せに遭い、猛攻撃を受けたという。ところが、本多は応戦する作戦の能書きを言うばかりでなかなか動こうとしない。挙句に、大鳥の指示を仰ごうと言い出した。

すっかり業を煮やした人見が先陣を切って、事態を決着させたのだそうだ。

「箱館を速やかに占拠できたのは、遊撃隊の手柄なのだ。それなのに、後から入って来た大鳥さんは、本多くんがよくやってくれたと、さも伝習隊の手柄であるかのように吹聴して回っていたよ」

人見は、思い出すことも悔しそうに苦々しく言った。

「そんなことがあったのか。道理で。榎本さんが、土方さんを陸軍奉行に捻じ込んだ理由がそれで分かったな」

八郎が言うと「その通りだ」と人見が、また被せるように言った。

「大鳥さんだけでは、心もとないということだ。本当は、榎本さんは、土方さんに陸軍奉行になって欲しかったに違いないと俺は思う。榎本さんは仙台でも、土方さんを幕府軍の総司令官にすると伊達公に言い切ったそうなのだ。土方さんには絶大な信頼を持っているのだ。まあ、荒井さんは、もともと海軍総司令官をしていた人だから、海軍奉行で誰にも文句はない。それに、伝習隊にも籍を置いていたことがあったらしいから陸軍の知識もある。一人で十分なのだ。陸軍奉行も、土方さんなら、一人で十分だったはずだ。土方さんとは、ここを手に入れる時に一緒に戦ったのだが、常にそつがない。まさに機を見るに敏。人の使い方もうまいし、まるで非の打ちどころがなかったよ」

「……そうか」

八郎は、人見たちが土方のことを褒めちぎったことが嬉しかった。彼らだから余計に嬉しかったのかもしれない。

「まあまあ。内輪揉めのようなことを口にするのは、もうこのくらいにして、後は言わぬが花ってやつだぜ。仲間内で揉めていても始まらないぜ」

春日が美しい顔で笑った。

しかし、その春日自身も、初めて五稜郭に入る際に、新撰組の野村利三郎《のむらりさぶろう》と諍い、刀を抜く騒ぎを起こしたことがあったという。もっとも、仙台に着くまでは、野村は陸軍隊の隊士であったそうだ。

新撰組局長付の小姓をしていた野村は、近藤勇とともに薩長軍に捕まっていたという。そして、近藤が処刑されてから解放されたのだそうだ。その後、江戸で路頭に迷っていた野村は、陸軍隊の結成を知り、隊士に加わった。春日には、新撰組のいるところまで連れてきてもらった恩があったことになる。

野村は、新撰組や土方と再会できた嬉しさに増長していたのかもしれない。しかし、それまで世話になってきた隊長に刃向かうとは、どうにも恩知らずな話である。

土方が間に入ってうまく二人を宥め、触発の事態は無事に落着したそうだ。その野村も斬り込み隊の一員として土方に従って宮古湾に向かうそうだ。

「ああ、俺も行きたいぜ」

春日が言った。

「行きたいよな。松前組は、松だけに、待つで、待ちぼうけだ」と、人見が呟いた。

「だな。うまいことを言う」と、一同が大笑いになった。

みな宮古湾の襲撃に参加したかった。戦いたくて、うずうずしていた。

何となくだが、大鳥が筆頭の陸軍奉行になったせいで、伝習隊が幅を利かせているような感が否めない。遊撃隊は松前の福山城を体よくあてがわれたようで、まあそれも初めはよいと思ったが、かえって自由に身動きが取れなかった。

不平不満を並べるわけではないが、選挙の件も、箱館での披露目の大行進にしても、今回の襲撃作戦にしても、こちらには事後承諾でしかない。遊撃隊は、福山城を枕に死ぬ覚悟を決めているが、薩長軍と戦えるなら本当はどこでもよいと思えるくらいやる気満々でいる。今は、その気持ちが全て空回りしている状態だ。

存分に働いてみせるのに。

みなの心のうちを、そんな思いが占めていた。それでも、宮古湾襲撃の成功を願って止まなかった。

だが、敵艦襲撃作戦は失敗に終わったそうだ。

箱館を出航した艦隊は、またも途中で嵐に遭い、宮古湾に辿り着けたのは回天丸だけであったという。作戦は一艦だけで決行されたが、甲鉄艦に積まれていたガトリング銃の餌食になり、人も船もボロボロになって帰還したという。多くの仲間が死に、艦長の甲賀源吾も戦死したそうだ。蟠竜丸は何とか箱館港まで戻ってこられたが、高雄丸は拿捕されてしまったという。

箱館中が、殺気立っていると本山小太郎が報告した。

今すぐにも戦闘に入るかのようにピリピリと張り詰め、守備の強化に励んでいるそうだ。

中でも、弟分の甲賀源吾を失った荒井郁之助は人が変わったように、甲鉄艦を突き破る鋼鉄製の弾丸造りに昼夜を惜しんで余念がないという。

本山と一緒に、大鳥圭介が松前にやって来た。

「箱館は万全になった。弁天台場と五稜郭の間にあった津軽陣屋を改造して千代ヶ岱《ちよがだい》陣屋という要塞を造り、神山に四稜郭なるものも造った。松前も台場や砦を造って防衛に十分な力を尽くしてくれたまえ。土方くんが宮古湾での襲撃に失敗してしまったせいで、少しばかりこちらの具合が悪くなった。だが、準備さえ怠らなければ大丈夫だ」

台場を建設するように。

各所に砦を構え武器を置いておくように。

鍛錬を怠らぬように。

市民との和合を欠かぬように。

いろいろと注文をつけると、そそくさと箱館へ戻って行った。

「何だよ。あの物言いは。何も、敵艦の襲撃がうまくいかなかったのは、土方さんだけのせいではないだろうよ」

八郎は、面白くなかった。どうも大鳥を好きになれなかった。

それに、あんな調子でいると、大鳥は早晩土方と衝突しそうな予感がした。八郎は、土方の気性を知り尽くしている。

「土方さんが、知ったら黙っちゃいないぞ」

ポロッと口から出てしまった。

「伊庭。さすがに昔からの知り合いだ。それが、案の定らしいぞ」

八郎の呟きを耳ざとく聞きつけた本山が、八郎にだけこっそりと陸軍奉行同士の不仲ぶりを暴露した。

「とにかく。最近では事あるごとに、顔を合わせれば、それはもう、お互いにつっかかってばかりいるそうだ。先日もひと悶着があったばかりだそうだぞ」

「すでに犬猿の仲か」

「まあ、そうだ。大鳥さんが箱館の防衛について、兵を海沿いに均等に割り当てる構想を総裁に進言したらしいのだ。それに、土方さんが頭から食ってかかったそうだ。どこから攻めてくるか知れない敵に、兵を拡散しては埒もない。小隊では全滅させられる恐れもあるし、味方同士の連絡が絶たれる危険もある。それよりは、十分な兵力を数箇所だけに限定して固めておいた方が、ずっと効果的な策だと主張したのだ」

「なるほど、その方が効率的じゃないか。敵が見えれば、一気呵成に動けば済むことだ。失敬、お二人の内緒話があまりに大きかったのでね。つい口を挟んでしまった」

本山の声が大きいせいで、人見勝太郎が話に加わってきた。

「いや、いっこうに構わんよ。人見さん、気にするな。何でも、敵が現れれば、攻め込まれる前に、攻め込んだ方が有利だそうだ。そのためにも一時に動けるよう、兵は一箇所に多く置いておいた方がよいと土方さんは力説したそうだ」

「よい考えだ。襲撃は人数が物を言うからな」

人見は満足そうに頷いた。

「なのに、榎本さんは大鳥さんの意見を支持したそうだ」

「何だと。あの人は、ここぞという時に、いつも甘いな。だから、開陽丸を失うことになったのに、まだ懲りていないのか」

人見は呆れ顔だ。

「それで、土方さんは、おとなしく引き下がったのか」

八郎は、榎本と大鳥の楽観振りより、そちらの方が気になった。

「いや、榎本総裁に向かって、なぜ、事の重要さが読めないのかとさんざん訴えられたそうだ。だが。総裁が、では多数決で決めようと言われたそうだ。それで、結局、多数決を取って、大鳥さんの方式に決まったそうだ」

「それは……榎本さんも案外だな」

八郎は、少しがっかりした。

子どもの頃から榎本に憧れていたのだが、策士策に溺れるというのは本当らしい。だいたい、大鳥が言い残していった注文にも引っかかっていた。台場や砦の件はよいとして、なぜ市民と和合をしなければならないのか。

日々言葉の通じないイライラに、拍車をかけられたような気になった。津軽弁が英語より難しいとは思わなかった。

「総裁は、筋道ばかり通したがる人だ。だが、薩長のような無法者相手に筋を通しても無駄だと早く気づいてもらいたいものだ」

人見は、箱館へ先行した書面の意義を理解しかねるといまだに言っていた。あの時は、誰より先陣を切れる栄誉に胸が高鳴っていて、さほど疑問も抱かなかったそうだ。

だがそもそも、幕府艦隊が連なって品川港を出た時すでに、薩長に弓引く行為である意思を明確に行動で示しているのだ。しかし榎本の書面には、蝦夷を徳川家の所領にするだの、友好的国家として互いを認め合おうだの、見え透いた歯がゆさが白々しいばかりに並んでいたそうだ。だいたい、そんなものに薩長軍が首を縦に振るわけがないのだ。

人見が箱館ではなく松前を死守する決心をしたのは、そういう経緯からでもあったようだ。

「戦いに素人なのだよ。総裁は、人を斬ったことすらないのだろう」

毎日、自慢の髭を整え、ワインだのコォヒィだの、西洋かぶれしたものばかりを好む榎本は、陸軍兵士の中では、あまり受けがよくなかった。しかし、八郎は、昔からの知り合いだから肩を持つわけではないが、一番上にいる者が齟齬したのでは、下の者たちはたまったものではないと思うのだ。

むしろ、そういう余裕があった方が頼もしいと思っている。

榎本だって、見境もなく怒ることはある。

幕府軍を置いて江戸へ逃げた慶喜を腰抜けだと言い切った。はっきりと口に出して慶喜を非難したのは榎本だけであった。

ここへ来てからも、桑名藩主の松平定敬や、会津家老の西郷頼母《さいごうたのも》らが薩長軍と戦争をするために箱館に来たのではないと戦線離脱を宣言した時には、会津も桑名も腰抜けの腑抜け揃いだと面と向かって人目も憚らず罵倒したという。総裁になる前の話である。

その場に居合わせたわけではないが、八郎は人見ほど榎本への信頼を失ってはいなかった。

春日と銀之助

松前駐屯隊は、福山城より東に位置する建石方面にある折戸浜《おりとはま》に台場を造ることにした。浜にある高台を均して砲台を備える。土木仕事である。今から箱館にある台場ほどの立派なものを造るのは無理な話だが、要は敵を砲撃できればよいのだ。間に合わせでも、台場の機能さえ備えていればそれで十分足りる。

八郎は、春日左衛門と折戸浜にいた。

「銀之助。足元に転がっている流木に気をつけるのだぜ」

春日が声をかけた隊士が「はい。父上」と返事をした。

「春日、お前の子なのか」

八郎は、驚きを隠せなかった。

いくらなんでも子どもが大きすぎた。春日は二十五歳。八郎より一歳若い。評判の美丈夫で懸想する女が絶えなかったとはいえ、これでは春日が十歳くらいの年にできた子になる計算だ。豪傑にも程度がある。

「俺の養子なのだ」

春日は、涼しい顔で言った。

「養子」

「あいつは、銀之助という。まだ十三だぜ。元服もしていない。あいつに銃を撃たせられるか。それで、養子にしたのだ。俺が、あいつを守ってやろうと思った」

「……そういうことか」

春日には妻子がいた。だからこそ、八郎や人見と行動をともにせず彰義隊に入り、上野に立て籠もる道を選んだのだ。

銀之助を養子にしたのは、まだ赤子の娘婿にするためというよりは、いたいけな少年を早死にさせてはならないという、子を持つ父ならではの配慮からだろうと思えた。

「春日。お前、よい奴だな」

八郎が言うと「伊庭こそ、ずっとよい奴だぜ。何せ、その腕で戦うのだ。見上げた根性だぜ」と、すかさず春日が言った。

田村《たむら》銀《ぎん》之《の》助《すけ》は、兄二人とともに十二歳で新撰組の隊士になったそうだ。以来、副長土方歳三の直属となり箱館まで付き従ってきた。仙台から土方軍に入った春日が、その幼さを見かねて養子にしたのだ。それで今は春日隊にいるが、新撰組隊士の頃の土方直属というのも同じ意味合いからであったろう。つまり、非戦闘員なのである。

兄二人は、今も新撰組隊士として弁天台場に詰めている。

銀之助はよく働いた。何でも「はい」「はい」と素直に聞いて、嫌な顔一つ見せない。

過酷な労働にも音を上げないで黙々とやり遂げる。確かに、その健気さが胸に響く。本能の中に潜んでいた父性が湧き起こる。

それからは、八郎も銀之助に優しく接するようになった。

折戸台場が完成すると、根部田、札前、江良などにも砦を築いた。大鳥が残していった注文を、市民との和合だけを除いて全て実行した。

「準備は整った。春が待ち遠しいなあ」

人見が言った。

「そうだな。前に同じことを土方さんも言っていたよ」

八郎も、今は春を待っていた。

「ああ。腕が鳴るなあ」

本山が言うと何でも可笑しいのだ。さして腕の立つ奴ではないから、人見さえ、思わずそれにはたまらなくなって吹き出した。

「人見さんもずいぶんな人だなあ。あんなに、笑うことはないじゃないか」

本山は、プンプン怒っていた。

だが、本山がいるだけで場が和む。

前に、人見が、「伊庭の友達は、本当に無邪気なよい奴だな」と言ったことがある。

本当によい奴だと八郎も思う。本山がいてくれなければ、自分はここにはいない。

できれば戦闘になど巻き込みたくもないほどだ。だが、先日、本山は連絡係から隊士に配置が換わっていた。もう箱館と松前を往復することもなく松前に常駐している。

一緒にいられることは楽しいが、それが八郎の心配の種でもあった。

本山が属している小隊の隊長は、遊撃隊の岡田《おかだ》斧吉《おのきち》である。まだ二十二歳という若い隊長だ。本山は、その次官になる。その隊が、八郎の目の届かない折戸台場に詰めることが気懸りなのだ。

だが、本山は滅法張り切っていた。

敵上陸

四月七日。

薩長軍は、江差より北にある乙部《おとべ》に上陸した。その数、ざっと見ても二千人近くはいた。以後、輸送船が青森と江差を往復して上陸兵の数は、まだ続々と増えていた。

四月九日早朝。

江差を守っていた江差奉行であり第二列士満第二大隊長の松岡四郎次郎が、沖を航行する敵艦隊に気づいた。松岡は、すぐに箱館と松前に向けて「敵艦隊襲来」の使者を送った。

「ようし。迎え撃つぞ」

松岡は、隊を整えて戦闘態勢に入ろうとした。その矢先、敵艦からの艦砲射撃を受けた。砲弾は松岡隊が江差浜に設置していた砲台を木っ端微塵に打ち砕いた。他には、鷗島に開陽丸から持ち出した大砲を並べていたが、砲弾は艦とともに沈んでしまっていて単なるお飾りでしかなかった。これでは戦う術はない。

「ええい。無念なり。一同、松前に退却だ」

松岡は、松前にいる人見奉行とともに再挙しようと考えた。人見奉行の配下にいるのは伊庭隊と春日隊の列士満である。その主だった兵は遊撃隊だ。遊撃隊には奥詰出身の精鋭部隊が打ち揃っている。彼らとなら、この窮地を切り抜けられると思ったのだ。

江差から海岸沿いに後退する松岡隊に、薩長軍が容赦なく追ってくる。

松岡は、途中の根部田で松前から来た援軍と遭遇した。岡田斧吉の隊である。

江差からの急使を聞いて、人見勝太郎が速やかに折戸浜の一隊を出動させたのだ。

「ありがたい」

松岡は声に出して喜んだ。

しかし、松岡が振り返って状況を窺ってみると、背後には薩長勢が大挙して迫って来ていた。わずかの加勢ぐらいでは太刀打ちできそうにない大人数だ。遠目からなので、まるでイナゴの大群がどっと押し寄せて来ているような錯覚すらする。

「いかん。あまりにも多勢に無勢だ。やはり、松前で戦おう」

松岡は腹を決めた。福山城での籠城戦を考えたのだ。

江差勢は、援軍とともに踵を返して松前に向かった。敵艦は見えなくなっていたが、イナゴの大群には追いつかれないよう必死に走った。

しかし松前に退却した江差勢は、福山城で歓迎されなかった。そのまま追い返されこそはしなかったが、松岡の取った行動が、人見や八郎の逆鱗に触れたのだ。

「なぜ、戦いもせずに退却してきたか。せめて、一矢報いてこぬか」

まず、人見が噛み付いた。

「そうだ。五百人もの兵がいながら、手も足も出なかったとは情けない。砲台を吹き飛ばされたなら、剣で戦え。いいや、素手でも構わん。やられたら、やり返せ。刃向かうことぐらい子どもにでもできるぞ」

八郎も容赦しない。

「江差を死守するぐらいの気概を見せろ。せっかく送ってやった援軍まで無駄にするとは話にもならないではないか」

「敵にあっさりと江差を引き渡して、おめおめと逃げ込んでくるとは卑怯千万だ」

人見も、八郎も、烈火のごとく、自分たちより年長の松岡を責め立てた。

「まあ、まあ。こちらが五百いようが、千いようが、向こうは、どうせ、もっとうじゃうじゃいたのだろうぜ。それに、いきなり、海と陸から同時に攻められりゃあ、気も動転するってものだぜ。松岡を責め立てている場合か。早く、江差奪還策を練ろうぜ」

春日左衛門が、人見と八郎を宥めた。春日は達観している。上野での、地獄のような、凄惨極まりない修羅場を潜ってきていたからだ。

春日の冷静な言葉に、人見も八郎も、ようやく落ち着きを取り戻した。

「そうだ。我が隊と合わせて味方は八百五十。江差奪還に向かおう」

気を取り直した人見が「これからすぐに行こう」と言った。

「ああ。すぐに江差を奪い返そう」

八郎も息巻いた。

福山城には、春日隊から今井八郎《いまいはちろう》を隊長とする一小隊だけを残して、人見を筆頭に伊庭隊、春日隊は、松岡隊とともに江差に向けて進軍を開始した。

松岡は責任を感じたのか、先に立って江差への道を引き返し始めた。

根部田に着いた幕府軍は、そこに陣を張って一息ついている薩長軍を見た。

松岡隊を追いかけてきた兵の大半が江差に引き返したのだろう。ざっと見ても、二、三百人程度だ。

「油断しているな」

人見が八郎に囁いた。

「ああ。突くなら今だな」

八郎も囁き返した。

「行こう」

「ああ。行こう」

八郎は人見に頷き返した。

「みな、集まれ」

八郎は、隊士たちの中央に立つと、彼らを見渡して言った。

「よいか。敵は大いに油断している。松岡隊を蹴散らしたことで奢っているのだ。敵が気を緩め、守りがおろそかになっていれば、隙ができる。そこにこちらの勝機が生まれる。みな気を抜かず、今こそ死ぬ気で戦え。必ず勝てる。そう信じるのだ。今、江差を死守しなくて、後で総裁にどんな顔で会うつもりだ。よいか。旗印は俺だ。みな、俺の後に付いて来い」

八郎は高々と右手の銃を振り上げた。

「おう」

八郎の言葉に隊士たちも声を上げた。

「ようし。進め。突撃だ」

「おう」

伊庭隊は強かった。獅子奮迅の勢いで敵に殺到した。敵の布陣があっと言う間に崩れ、クモの子を散らすように敗走し始めた。

もちろん、春日隊も負けてはいない。松前勢は強かった。遊撃隊は強かった。

「いける」

八郎は、銃を手に駆けていた。

敵を後退させ、どんどん攻めていく。

「勝てるぞ」

幕府軍は敵を追い詰めて、根部田の陣を奪った。しかし、それで満足はしない。なおも先へ進む。ここで手を緩めれば形勢が変わってしまう。勢いに乗ったまま進むだけだ。

江差を取り返せ。

幕府軍は破竹の勢いで、敗走する薩長軍を追いかけた。薩長軍は進軍する拠点をあちこちに設けながら進んで来ていたが、幕府軍は次々とそれを打ち破っていった。

札前にいた薩長軍も蹴散らせた。

江差まであと少しだ。

幕府軍は波に乗っていた。勝つ時とは、こういうものだ。

「風は、こちらに吹いているぞ」

人見が嬉しそうに叫んだ。

「いける。いけるぞ」

八郎も叫び返した。

しかし、その時。

勢いに乗る幕府軍の行く手を遮るように、彼らの背後から目の前に一騎の白馬が回り込んだ。

「退却。総員、退却せよ。早まるな」

馬を駆って大鳥圭介が現れたのだ。

「深追いは禁物だ。総員退却せよ。こんなところで全滅してもよいのか」

幕府軍の足並みが一気に乱れた。

八郎は、すぐに人見を見た。苦虫を噛みつぶしたような人見と目が合った。

「どうする」と、八郎が目で聞いた。

「仕方あるまい」というように人見が銃を投げ捨てた。

「退却だ」

人見の号令とともに、幕府軍は松前方面に方向を変えた。

八郎も無念だったが、「松前に戻るぞ」と隊士を促した。

武士は上の命令には、絶対的に従うものだ。さすがに、大鳥に食ってかかるわけにはいかないのだ。

勝ち戦であったと思う。江差奪還は目の前にあった。それを自ら放棄するのだ。

松前に戻る足取りは重かった。

その重さが、似ていると八郎は感じた。

京で薩長軍に錦旗が立った時と同じなのだ。

慶喜が逃げ出し、幕府軍は京をあきらめた。

もう一歩という時に引いてしまうのは正しいことなのだろうか。もう一歩を踏み出していたらどうなっていただろう。

あの時、もう一歩を踏み出せていれば、この腕はなくなってはいなかったと八郎は思う。

左腕の傷口には肉が巻き、痛みもほとんどなくなったが、いつまでも心が痛い。その痛みは消えなかった。

「よくやった」

八郎は、隊士たちを労《ねぎら》った。

「我々の勝ちだ。大きな顔をして総裁に会えるぞ」

隊士を褒め称えた。

確かに勝っていた。今進めばもっと勝てる。

その気持ちを必死に抑えながら。

人見が、何も言わずに八郎の肩を叩いた。

言葉にはしないが、同じ気持ちであったのだ。

友の死

大鳥圭介は、松前を素通りした。

大鳥の作戦は、木古内一点に兵力を集めて、敵に応戦することであったのだ。そのために、自ら出向いて松前勢を呼びに来たのである。

「江差に上陸した敵は、二股、木古内、松前の三方向から箱館を目指すつもりでいる。二股には土方くんの隊が守っている。我々は、力を結集して木古内を守るのだ」

江差から木古内へ続く内陸街道と、海沿いを松前から回って箱館に向かう道は、木古内で合流する。守りを木古内一点に絞れば兵力を拡散せずに済むという理屈である。

「もともと、兵を拡散する案を主張していたのは誰だよ」

八郎は思わず呟いた。

「なあ、まったくだぜ」

春日も笑った。

ともかく、幕府軍は否応なしに木古内で敵を迎え撃つ準備をすることになった。

「なあに、死に場所が木古内に変わっても遊撃隊は同じことだ」

人見が言った。

「ああ。そうだな」と八郎も頷いた。

「心置きなくやろう」

人見が付け加えた。

勝てる手応えはあった。いや、負ける気がしなかった。事実、ついさっきまで勝ち進んでいたのだから。

知内から木古内へ向かう道すがら、人見があることを思いついた。

「そうだ。地雷を埋めていこう」

そう言うと人見は、荷車からもそもそと爆弾を取り出した。

「奴らへの置き土産にしてやるのか。そいつはよい。きっと奴らも大喜びするだろうぜ」

春日も大乗り気になって賛同した。

遊撃隊は、地雷を埋めながら木古内に進んだ。敵が後を追ってくれば、必ず踏みそうな場所を選んで、せっせと作業に励んだ。

八郎は、何度か振り返った。福山城に残してきた一隊と、折戸台場に詰めている岡田隊が気になった。岡田隊にいる本山小太郎のことが気になっていたのだ。

人見が彰義隊の危機に気持ちを乱し暴走した、あの時。本山が並べた暑苦しい言葉に、生返事を繰り返した八郎であったが、やはり親友のことを一番に気にかけていた。

八郎は、木古内での布陣が落ち着けば、すぐに自分だけでも松前に取って返すつもりでいた。

ところが、木古内に着くと状況が変わってしまった。他の幕府軍と合流したばかりの松前、江差勢に不本意極まりない決定が出された。

五稜郭本営からもたらされた情報に、大鳥が気持ちを変えたのだ。

「二股口にいる土方隊が善戦しているそうだ。敵の進軍を食い止めているばかりか、敵を江差方面に押し戻しているそうだ。これはいける。今を逃がす手はないぞ。この機に乗じて我々も江差に雪崩込もう。我々と土方隊の双方から攻撃すれば江差を取り返せるぞ」

張り切った大鳥は「今から江差へ進軍するぞ」と大声を上げた。

土方歳三が戦っているという二股口は、山中にある険阻な峠だ。人が通れる道は、たった一箇所しかない。互いに進軍すれば、両軍は必ずそのどこかで衝突する宿命にある。いったん、攻防戦が始まってしまえば、押すか、引くか、そのどちらかしか選択肢がないのだ。だから、相手より有利な場所に陣を張り、先に攻撃した方が勝てる。勝敗を決めるのは、大将の的確な判断と、素早い身のこなしだ。

「さすがは土方さんだ」

幕府軍のあちこちから声が上がった。

それが聞こえたのか、大鳥はコホンと咳払いをすると「進めえ」と叫んで、木古内から江差に向かう街道に先頭切って駆け出した。

「おう」

幕府軍は江差奪還に燃えていたが、松前勢は顔を曇らせていた。

これでは二度手間ではないかと思っていた。あのまま攻め進んで行っておればよかったのだ。勢いの出鼻を挫かれて、士気は少しも上がらなかった。


木古内から江差への街道に入って間もなく、敵の攻撃を受けた。薩長軍は、すでにそこまで迫っていたのだ。こうなれば、大鳥の気が変わったことを褒めたかった。

激戦になった。

双方決死の攻防戦が続いた。一進一退。互いに激しく銃を撃ち合った。

八郎も銃を撃ち続けた。片手でも遅れは取らない。それどころか他人より敏捷に動いていた。

「今度は、一歩も引かない。一気に江差まで突き進むぞ。今度こそ、江差を我々の手に奪い返して、五稜郭に凱旋する」

八郎は、隊士たちにそう宣言していた。

だから、みな、その気で性根を入れて頑張っていた。

「よいか。敵を恐れるな。俺たちと同じだ。怪我もすれば、死にもする。どんな卑怯な武器を繰り出してこようとも、必ずや、打ち破れる隙がある。行け。怯むな。進め。攻めて、

攻めて、攻めまくるぞ」

八郎の指揮の下、隊士たちは奮戦した。

ところが、次第に夕刻が近付いてきて、景色が薄っすらとぼやけ始めると、敵の攻撃が弱まってきた。敵が少しずつ身を翻して、江差の方へ戻って行くのが見えた。

「見失うな。追え」

叫んだ八郎を大鳥が制した。

「待ちなさい。今日は、これまでだ。我々も、木古内に引き返すぞ」

「なぜです」

「深追いは禁物だ。敵が道中にどのような罠を仕掛けているか知れやしない。それに、明日また続きをやればよいではないか」

「何を……」

明日続きをする。戦争とは、そんな甘いものではない。気色ばんで振り上げかけた八郎の右手を春日左衛門が摑んだ。

「さすがは大鳥さんだ。それは、一理あるお言葉です。なあ、伊庭。木古内へ戻ろうぜ」

「春日……」

納得がいかない八郎に「今日のところは、大鳥さんの失態ということにしとこうぜ」と、春日が囁いた。

ここぞという時を逃してばかりでどうすると、八郎は大鳥に責め寄りたかったのだ。今度ばかりは、一発くらいぶん殴ってやろうと思った。春日が止めてくれなければ、後で人見に迷惑がかかることになった。

もう決定されてしまったのだ。四の五の言ってもどうにもならない。春日の囁きに慰められて、八郎は木古内に戻った。

同じ頃、福山城や折戸台場も薩長軍の攻撃を受けていた。しかも、陸上と海の双方からだ。薩長兵は銃を撃ちまくり、敵艦の艦砲射撃は砲台を打ち砕いた。

福山城は陥落し、折戸台場は全滅した。

木古内に戻った幕府軍の陣に、松前から急使が駆けてきた。

「福山城は陥落しました。折戸台場も隊長以下、全滅しました」

伝令役が人見に告げた。

「何だとぉ」

唸ったのは、人見ではなく八郎であった。

「本山はどうした」

「はっ。本山さんも亡くなりました」

嘘だろと、八郎は耳を疑った。本山が死ぬはずがない。殺しても死なないはずだ。あんな好い奴は死んではいけないのだ。

いたのだ。

「伊庭。落ち着け」

人見に抑えられて、初めて気がついた。八郎は伝令の首を、右手で力任せに締め上げて

「……悪かった」

八郎は謝った。

伝令は、咳き込みながら「いいえ」と言った。そして、本山は銃弾が当たると「死ぬぞ」

と宣言して死んだと話した。

「ふざけやがって」

八郎の声は震えていた。不思議とすぐには、涙は出てこなかった。全身の力が抜けて、

身体の震えが止まらない。八郎はヘタヘタと座り込んだ。

「俺は、片腕を失くした。箱根ではなく、ここで失くした。たった今、失くした」

そう口にした途端、一気に涙が溢れてきた。

涙が止まらなかった。

『待てよ君　冥土もともにと思ひしに　志はしをくるる　身こそ悲しき』

本山に手向ける和歌を詠んだ。そして、八郎は、自分が殺したのだと思った。

いつも傍にいて、明るく励ましてくれた本山の笑顔が浮かんできて、消えなかった。そ

の思い出の全てが優しく暖かかった。

八郎にとって、悪夢のような一夜になった。

本山との思い出が、次々に押し寄せてきて、まんじりともできなかった。

ともに過ごした思い出の重みに押し潰されそうであった。

八郎負傷

朝になって、ようやく自分を取り戻した八郎は、人見勝太郎の傍に春日左衛門の姿が見えないことに気づいた。

人見に尋ねると、あいつなら大鳥さんと一緒にいると答えた。

「あの人は、どうにもトンチンカンだから、俺が傍に付いて見張っていてやるぜと言っていたよ」

「そうか」

春日が大鳥を見張っていてくれれば、昨日のような失態は二度と起こさないだろうと八郎は思った。

いったん、木古内にいると決めたのなら、そこをしっかりと守り固めて動くべきではなかったのだ。そうしていれば、福山城の危機にも気づけた。折戸台場にもすぐに駆けつけることができた。

江差奪還を決行するならするで、引き返さずに進むべきだった。たとえ全滅しても、敵に福山城や折戸台場を攻める余裕を与えないような戦いをするべきだった。

今さらだが。

と、八郎は思った。

失くしたものは戻らない。八郎は、誰よりもそのことを知っている。

八郎は左手を見た。袖の先に手はない。本山も、もういないのだ。

「悪かったな。みなが同じ気持ちでいるのに、俺だけが取り乱してしまった。春日も、彰義隊から行動をともにしてきた今井たちを失ったのだ。岡田にしても、箱根攻めを計画した時から遊……」

「構わんよ。気にするな。それより、大鳥さん曰く、昨日の続きなのだが。泉沢から物資を運んでくるはずの松岡隊がまだ来ないのだ」

人見が被せるように言った。悲しみに打ちひしがれている八郎に、もうそれ以上気を遣わせないように配慮してくれたのだ。

松岡四郎次郎の率いる隊は、千代田形丸が五稜郭から運んでくる物資を受け取るために、泉沢に派遣されているそうだ。

「ちっ、松岡か。何をしている。よし、俺が呼んでこよう」

昨夜、ろくに寝ていなかったが、八郎は言った。

「よろしく頼む」

人見に隊を預けて、八郎は単身すぐさま泉沢に向けて馬を飛ばした。

八郎の気持ちを紛らせるために、人見がわざと用事を割り当ててくれたのが分かっていた。その気持ちに応えたかった。

どこでぐずぐずしているか知らないが、一刻も早く松岡隊を追い立てて木古内へ連れてこようと思った。

泉沢に着くと、千代田形丸が敵艦の攻撃を受けて大破させられていた。慌てふためいた艦長の森本弘策が反撃もせず、自艦に火を放って逃げ出したのだそうだ。燃え残った火が、まだ燻ぶっている。

松岡隊は、その残骸から焼け残った積荷を下ろし、木古内へ向かう準備をしているところであった。

「揃いも揃って、海軍までも。まったく……何という醜態を」

八郎は、あまりの情けなさに、もう怒る気にもなれなかった。

敵艦は、千代田形丸を砲撃した後、松岡隊には目もくれず、さっさと戻って行ったという。まるで、向こうは、この戦争を楽しんでいるようだ。

「さあ、木古内に向かうぞ。ぐずぐずするな」

八郎は声を荒らげた。

霧が出てきた。視界が悪くなる前に木古内に着かなければと思った。

「急げ。もっと速く。速くだ。歩くな、走れ。ええい。止まるんじゃない」

馬上の八郎に急かされて、松岡隊は走り通しに走った。重い物資を運んでいるので、なかなか前に進めない。それでも、立ち止まると、たちまち八郎の怒号が飛ぶので、松岡隊は少しも休めなかった。

泉沢から札苅、札苅から木古内へ。幕府軍と合流した時には、松岡隊は疲労困憊し切っていて、総員の息が上がり、誰一人身動きもできないような有り様になっていた。

「仕方ないな。しばらく休め。休養が済んだら戦闘に加わるのだぞ」

すでに昨日の続きは始まっていた。

「ご苦労」

人見が声をかけてきた。

「ああ、あいつら、しばらく使いものになりそうにない。あいつらの分も俺が戦ってやる」

八郎は馬を返すと、戦線の中に走って行った。


四月二十日。

江差に進軍し、撤退し、その上ほとんど眠らずに馬を駆け、すぐに取って返し、休息を全く取っていない八郎の身体は、さすがに疲れ果てていた。だが、八郎の気持ちは少しの休養も必要としていなかった。

戦線に復帰すると、八郎は八面六臂の大活躍を見せた。麒麟児の本領発揮である。右手一本で剣を振りかざし、次々と敵を倒した。

「銃を貸せ」

銃を手にすると、あっと言う間に数人の敵を撃ち抜いた。

「やはり、銃はまどろっこしいな」

八郎は銃を投げ捨て、再び剣を抜いた。

敵の軍勢は、この飛ぶ鳥を落とす勢いの、滅法強い大将の出現に大いにてこずっていた。

「あの男を狙え」

敵の銃口が一斉に八郎に向いた。

しかし、そのことに八郎は気づいていなかった。無我夢中で戦っていた。

やがて、敵の銃口が火を噴いた。

数弾が八郎に命中し、他は、すぐ傍の木々に当たった。生木が木っ端微塵に砕けた。その破片も八郎目掛けて雨のように降ってきた。敵と斬り結んでいたさなかの八郎は、そのどれにも身を躱せなかったのだった。

飛んできた諸々のものが、八郎の身体を一瞬にして突き抜けた。中には、骨で止まった弾丸や破片もいくつかあった。満身創痍の重傷であった。

ドサッと音を立てて倒れた八郎を、すぐに隊士たちがワッと取り囲んだ。

「俺に構うな。戦いを続けろ」

八郎は言ったが、隊士たちは言うことを聞かない。

「いいから頼む。俺を、このままここに置いて行ってくれ」

八郎は、今度は頼んだ。彼らの足手まといにだけはなりたくなかった。だが、隊士たちは、それも聞かなかった。

どの隊もそうであったが、隊士たちは自分の隊長のために命を張っていた。箱館共和国のためでも、総裁のためでもなかった。

自分が惚れ込んだ隊長が討たれれば、必死になって銃弾の雨の中でも、隊長の身体を安全な場所へ運ぼうとした。すでに隊長の息もなく、他所へ運ぶことが叶わなければ、首だけでも切り取って持ち去った。

隊長は、彼らにとって、何より大事な生きた旗印なのである。

八郎も隊士たちに慕われていた。瀕死の重傷でも、亡骸でも、髪の毛一本にいたるまで絶対に戦場に置き去りにするものかと彼らは口を揃えて食い下がった。

「では、これは、俺の最後の命令だと思って聞け。このまま俺を置いて行け。俺を置いて行くのだ。さあ、行け」

なおも言い張る八郎の元に、隊士が人見勝太郎を連れてきた。

隊士に手を引かれるように連れてこられた人見は、八郎を見ると急いでその場にしゃがみ込んだ。

「伊庭……」

「人見。こいつらに言ってくれよ。どう言っても、俺を置いて行ってくれないのだ」

人見は、大きく頷いた。だが、八郎の頼みとは違うことを口にした。

「伊庭。俺には、お前が必要だ。頼むから傷の手当てをしてくれ。病院へ行ってくれ。お前のことだ。またすぐにここへ戻ってくるだろ。俺は、待っているからな」

人見はそう言うと、八郎の右手を強く握った。

「いいな」と念を押す。

さすがの八郎も、人見には逆らえない。

「……分かった。後は頼む」と言った。

「おう。任せておけ」

人見は八郎の返事を聞くと、自分の胸を叩いて、また大きく頷いた。人見は八郎に笑顔を向けたが、その目の端に涙が滲んでいるのが見えた。

八郎は、隊士たちによって、泉沢から小船で箱館にある病院に運ばれることになった。他に負傷した隊士も乗せて、船は海に漕ぎ出した。

船に、春日左衛門の養子になった銀之助が乗り合わせていた。隅っこの方に、膝を抱えて小さくなっていたのだが、八郎の顔を見てホッとしたような表情を浮かべた。

「父上に、五稜郭に入っていろと言われました」

銀之助は、オズオズと近寄ってきて、少し畏まりながら言った。

「それにしても、伊庭さんは、またたいそう派手にやられてしまいましたね」

八郎の傷を見て銀之助が言った。

「気にするな。まだこの手がある。俺は、傷を治したらすぐに戻る」

八郎が右手を示すと、銀之助はニコリと笑い「そうですね」と頷いた。

八郎は、春日が銀之助を五稜郭に避難させようとしているのが分かった。それは、春日も見切りをつけたということだろう。

そもそも遊撃隊が大鳥と組んだことが悲劇であったと思えた。遊撃隊が土方と組めていたらと八郎は思わずにいられない。

土方と一緒なら、松前も、江差さえ、敵に渡さずに済んでいたかもしれないのだ。

大将に必要なのは思い切りだ。守りを考えてしまえば負けが見えてくる。戦というものは、ただ勝ちを信じて前へ進めばいいのだ。結果は後から付いてくる。それこそ、時の運かもしれない。それでも、たとえ負けても惨めな気持ちにだけはならない。

押して、押して、押して、押しまくるのみだ。

しかし、それも遊撃隊の運であったのかもしれない。いや、この国家の運命なのだろうと八郎は思った。榎本の描いた夢は、そういう宿命を逃れられないものだったのだ。

それならそれで、せめて、この戦いの後に、何かを残したいと思った。武士の意地でもよい。微かにあった希望でもよい。骨の一本でも構わなかった。ただ、何かは、確実に残って欲しいと八郎は願った。

箱館港で銀之助と別れた。

八郎は、もうそれきり銀之助とは、会うことはないだろうと思っていた。

箱館病院は、港のすぐ傍の船見町にもともとあった箱館医学所を高松凌雲が病院として利用していた。だが、そこだけでは負傷者を収容し切れなくなり、すぐ近くの高龍寺を借り入れ、分院にしている。

病院には、敵兵も収容されて医師の手当てを受けていた。赤十字という国際的な決め事により、病院は敵味方の差別なく負傷者や病人を手当てする義務があるのだという。

敵と枕を並べているのは居心地のよいものではないが、元は同じ日本人同士なのだ。敵味方に分かれ戦っているものの、中には知り合いだっている。

主義主張が違って争ってきたのなら、まだこの戦争に納得もいく。だが、いきなり賊軍にされて殺されたのでは治まり切れない気持ちがある。

こちらには、何のための戦争か分からない。

生きるために戦った。それだけだろうか。

病室には、傷特有の匂いが充満していた。衛生状態も万全ではない。屋根があるだけましという、設《しつら》えも粗末な野戦病院である。

傷の深さに呻いている者、ほとんど動けない者だけを残し、比較的軽傷な者は手当てが済むとすぐに戦線に戻っていく。

八郎もすぐに戻りたかった。

しかし八郎は、もう動けなかった。

医師には、身体に入っている弾を抜き取ることは無理だと言われた。身体中に包帯を巻いて、このまま寝ているしかないそうだ。

「人見が待っているのに」

八郎は恨めしげに、そう呟いた。

しかしそれは、もう助かる見込みはないと宣告されたようなものでもあった。

それでも八郎は気を落とさない。腕を失くしても堂々と戦ってきた男なのだ。

「これしきの怪我で、くたばってたまるか」と、思っていた。胸に砲弾を食らった時も、すぐに歩けるようになった。今度も、きっと立ち上がってみせると思った。

手当てが済んだ八郎は、五稜郭へ送られることになった。

「総裁が、伊庭くんには五稜郭で療養してもらうと言って利かなくてね。まあ、ここはほとんど満杯だから、助かるがね」と、高松は言った。

五稜郭へ入った八郎には、病院より遥かに待遇のよい部屋が用意されていた。豪華な布団が敷いてある。四六時中付きっ切りで、甲斐甲斐しく世話をしてくれる係りの者もいる。

ゴザを敷いて並べて寝かされていただけの病院とは雲泥の差があった。

「怪我が治るまで、ここでゆっくり療養してくれたまえ。遠慮は要らない」

榎本は言った。

榎本は、八郎がどんな思いをして箱館に辿り着いたか、本山小太郎から一部始終を聞き出して知っていた。だから、せめてもの八郎への感謝の気持ちを示したのだ。

八郎は、榎本の好意に甘えることにした。

箱館共和国本営の一部屋ということもあって、最初のうちは次々と見舞い客が訪れた。それも一段落すると、激しさを増した攻防戦のために忘れられたような存在になった。ただ、人の出入りが頻繁で常に騒がしいことが、八郎にとっては気が紛れてありがたかった。


「やあ、伊庭の小天狗先生。どうも姿が見えないと思っていたら、こんなところに潜んでいたのか」

懐かしい声がした。目を開けると、土方歳三がいた。

八郎は眠っていたわけではない。目を開けていたところで、いつも同じ天井しか見えないから目を閉じていただけなのだ。もう天井板の木目模様を全部覚えてしまった。

「土方さんか。二股はどうした」

「木古内が陥落し、退路を断たれるからと総裁に呼び戻された。俺は、あそこでよかったのだがなあ」と土方が言った。

「それは、木古内を守り切れなくて済まない」

「いいさ。八郎くんが謝るな」

「しかし、近藤さんに会い損なわせたようだ」

「まあ、じきに会えるさ。今日は、箱館市民を湯の川に避難させてきた。箱館市が戦場になれば、流れ弾がここにも飛んで来るかもしれない。うるさくなるぞ。ゆっくり養生というわけにはいかなくなる。怪我人の八郎くんには済まないな」

「それこそ、土方さんに謝られる筋合いはない」

「敵を五稜郭へは入れない」

「よろしく頼む」

「なんだか、その、素直で気持ちが悪いな。だが、まあ、思ったより元気そうで安心したよ。さてさて、小天狗どのは、この期に及んでも、夜中に寝床をこっそり抜け出して、遊郭へしけこみたいと目論んでいるのじゃないだろうな」

「ば、馬鹿を言え」

八郎は思わず笑った。全身を激痛が走ったが、無理に平気な顔をして我慢した。

「また、一緒に行こうな」

土方が言った。

「ああ。相棒」

八郎が応えると「そうだよ。その意気だ」と土方は笑った。

「俺も、土方さんと一緒に戦いたかったな」

八郎は、土方に甘えるように言った。話したいことはたくさんあるのだが、それしか言葉にならなかった。

「何を言う。ずっと、一緒に戦っているじゃないか」

と、土方が言った。

そして「今までも、これからも、ずっとだ」と、付け加えた。

土方の言葉が胸に沁みる。八郎は、何より優しい言葉だと思った。

「じゃあ、またな」

普通に、明日も会うように、土方は、そう言うと立ち上がった。

きっと、これが最後になるのだろうなと八郎は予感していた。

土方は死んでしまうかもしれない。

しかし、それでこそ、やっと土方の念願が叶うのだ。

土方は、近藤勇の後をすぐにでも追いたかったはずなのだ。その思いを胸に抱えて、江戸を出てから、死に場所だけを探していたのだ。

土方の無類の強さは、そこからきていたのだろう。

だが榎本に見込まれてしまった。

それからは、死ぬことより、勝つことを優先に考えていたはずだ。

幕府軍の勝利だけを。一心に。

「いつも、いつも、土方さんは、自分のことは後回しなのだな」と、八郎は思った。

きっと今も、目が回るくらい忙しい中を、わざわざ時間を割いて来てくれたのに違いなかった。

八郎は、熱いものが込み上げてくるのを感じていた。

強さというものは敵には脅威だが、味方にとっては何より確かな安心になる。この男がいれば大丈夫だと他人に感じさせるような魅力は、やすやすとは備わるものではない。

俺も土方さんを慕っていたなと八郎は思った。人見も春日も慕っていた。箱館共和国の陸軍兵士は、みな土方のことが大好きだった。

迫る爆音

五月十一日。

早朝から爆撃が続き、ついに箱館市内が戦場になった日。幕府軍を大きな喜びと悲しみが襲った。

喜びは、荒井郁之助が甲賀源吾の復讐に燃えて執念で造った鋼鉄の砲弾が、敵艦隊の朝陽丸を撃沈させたことだ。

蟠竜丸から放たれた砲弾が、朝陽丸の動力部と爆薬庫に命中したのだ。派手な爆発が起こり、朝陽丸は、真二つに割れて瞬く間に沈んでいったそうだ。

幕府軍は、諸手を挙げて勝利の雄叫びを上げた。

その快挙は、五稜郭にもすぐに入ってきた。もちろん寝込んでいる八郎にも、朝陽丸に向かって撃ち出された爆音は聞こえていた。朝陽丸が、破裂する音も聞こえた。ただ、それがどちらの被弾した音か分からなかっただけだ。

みなの喜びの声が、五稜郭内に地鳴りのように響いた。箱館共和国始まって以来の、快挙であった。

その喜びが一段落した頃、今度は最大級の悲報がやってきた。

土方歳三が、敵陣に突入して討ち死にしたのだ。

それは、決意の死であったのかもしれない。

箱館への関門が敵に奪われ、箱館と五稜郭が分断されてしまった。そこを奪還するための決死の突破攻撃であったそうだ。

敵陣に颯爽と斬り込んで行った土方の姿が目に浮かぶようだった。

土方を失い、関門を突破できなかった幕府軍は、千代ヶ岱陣屋に敗走していた。

一報を聞いた、全員が泣いた。

八郎も泣いた。

だが、喜んでやるべきだとも思った。土方は、長い冬の間ずっと春が来るのを待っていた。この時を待っていたのだから。

「土方さんは、やっと近藤さんに会えるのだな」と八郎は思った。

もう自分のことを、小天狗とも、相棒とも呼んでくれる人がいなくなった。

近しい人間がいなくなるのは何より悲しいことだ。

思い出の重さに息苦しさを覚え、八郎は喘ぐように溺れた者のような息遣いを続けた。

五月十二日。

敵の艦砲射撃が、五稜郭の望楼を打ち砕いた。昨日、朝陽丸を撃沈された腹いせに、薩長軍が虎の子の甲鉄艦を出動させたのだ。

奉行所内で食事をとっていた数人が吹き飛ばされたという。

「ううむ。ここまで届いたか」

榎本武揚が唸ったそうだ。

海から、およそ一里。いかに性能の優れた軍艦でも、艦砲射撃が、五稜郭まで届くのは想定外であったようだ。

望楼は崩れ落ち、死者と負傷者が出た。

五稜郭にも、病床が増えていた。出動して負傷した兵士も大勢運ばれてきていた。

しかし、八郎は一人の部屋でゆったりと養生していた。変わらず手厚い看護を受けていた。

同じ日、負傷した春日左衛門が五稜郭に運ばれてきた。有川方面で戦っていた時に被弾したそうだ。かなりの重傷らしい。

「父上が、大鳥さんと並んで指揮を執っておられた時に、大鳥さんが急に身体を躱されたのだそうです。それで、父上に弾が当たってしまったのだそうです。でも父上は、大鳥さんを責めたり怨んだりするなと私に言われました。父上は、あの場合は俺だって避けたぜと笑って言われましたけど、私は、父上なら絶対に避けなかったと思います」

八郎の枕元に来て、銀之助は目に涙を一杯溜めながら悔しそうに言った。恐らく、八郎以外の、他の誰にも言えなかったことなのだ。

「銀之助、泣くな。春日左衛門は、そういう男なのだ。泣いている暇があったら、ちゃんと介抱してやれよ」

八郎が言うと、銀之助は「はい」と返事をして、手の甲で涙を拭った。

春日の身体にも弾が入ったまま取れないのだという。揃いも揃って同じ傷を負ったわけだ。因果だなと八郎は思った。

「こういう時は、お互い知り合いと一緒にいた方が、気持ちが紛れるだろう。同室で構わないよな」と、医師が、手当ての済んだ春日を八郎の隣に寝かせた。

そろそろ五稜郭も、増え続ける怪我人を収容することに手狭になったということだろう。

「春日」

八郎が名前を呼ぶと、「久しぶり」と落ち着いた返事が返ってきた。

「父上」

銀之助が縋り付いた。

「男は泣くな」

春日が静かな声で銀之助を窘《たしな》めた。そして八郎に「伊庭。これで、ようやくゆっくり休めるぜ」と呟いた。

春日は、彰義隊に入ってから今日まで、休みなく戦い続けてきたのだ。八郎もそうだが、ゆっくり眠ったことなどなかったのではないだろうか。

「俺は、戻るぞ」

八郎は言った。

「そうか。では、健闘を祈る」

「何だ。春日らしくないことを言うな」

「俺は、一足先に、向こうに行っているぜ」

そんな弱気なことを言うなと怒りたかったが、それほど辛いのだろうと思うと受け入れるしかなかった。

「そうか。では、先に行って待っていてくれ。向こうでまた会おう」

「それは無理だぜ。俺は向こうに行ったら、閻魔と取引をするつもりでいる。地獄の門に張り付いて、敵がやって来たら、一人残らず地獄の底へ叩き落としてやるのだ。だから、忙しい。俺には会えないぜ」

春日は「ふふふ」と笑った。

そして、苦痛に美しい顔を歪めた。その頬を涙が伝っていた。

「そいつは、よい手だな」

八郎は、それだけ言って目を閉じた。もらい泣きをしそうになったからだ。

妻子を守るために上野に立て籠もった春日は、二度と妻子には会えないのだ。強気の男だから、それが寂しいとは言わない。だが、妻子のもとへ帰りたくないはずがないのだ。寂しくないはずがなかった。

会いたくてたまらないはずだ。

片時も頭を離れないはずだ。

それで、銀之助を養子にしたのだ。

この戦争で、突然に引き裂かれた家族は、いったいどれだけの数いるだろうか。

俺も地獄の門に張り付いてみるかと、八郎は思った。


箱館市内が戦場になってから、入ってくる情報は、悲惨なものばかりになった。

築島台場が潰され、蟠竜丸が大破し、弾丸尽き果てた回天丸が幕府海軍の幕を下ろした後は、弁天台場と千代ヶ岱陣屋と五稜郭を残すのみとなった。

それも、土方歳三がいなくなってから、陸軍もさっぱり冴えず覇気がなかった。活路を求めて、方々へ向けて出撃はしているものの、すぐに五稜郭に敗退する。それを繰り返しているそうだ。そのたびに、貴重な兵力が失われていた。

五月十三日になって、弁天台場が、早々と降伏を受け入れたという情報が飛び込んできた。

あの要塞なら、まだまだ持ち堪えられるはずであった。しかし、箱館山の絶壁をよじ登って現れた敵勢にすっかり戦意を失くしたそうだ。

「山が動いたと思った」と、弁天台場を守っていた新撰組隊士の島田甲斐《しまだかい》が五稜郭に敗走してきて言ったという。

箱館山は、小さな山だ。そこに山ほど湧き出た敵兵は、そのまま箱館市内に雪崩れ込んだ。

敵は、箱館病院や高龍寺にも攻め込んだという。寝込んでいた怪我人たちは、手当たり次第に撃ち殺された。息があるまま火を点けられて焼かれた者もいた。医師たちの、決死の抗議によってようやく止んだそうだ。

「血も涙もない所業だぜ」と、春日が言った。

「ああ。来るなら、ここへ来いというのだ。返り討ちにしてやるのにな」

八郎が言うと「伊庭は、強気だなあ」と春日が呟いた。

「まあ、唾くらい吐きかけてやれるかな」

春日に似合わぬ弱気なことを言う。よほど、怪我が辛いのだ。

八郎も辛かった。いっそ、一思いに殺してくれと頼みたかった。戦えないのなら、何のためにここにいるのか分からなかった。

自分の身体が重く、疼き続ける痛みは、身体のどこで疼いているのかさえもう分からない。時々、眠っていたのか、気を失っていたのかも分からなくなる。朝なのか、夜が来たのか。今日が何日かさえ分からなくなる。眠れば、二度と目が醒めないのではないかとも思う。

分からないことだらけの中で、分かっていることが一つだけあった。

それは、もう助からないということだ。

八郎は、微かに紡いでいた希望に見切りをつけていた。二度と立ち上がれないと悟った。

だからといって、絶望はしていない。悲しくもない。悔しいだけだ。

悔しくてたまらない。

混沌とした時間の中を漂っているような感覚がする。

できれば、もう一度だけ戦場に行って戦いたいと思う。もう、欲は言わない。どうせなら、敵を、あと一人だけでよい、倒してから死にたい。それしかもう、自分がこの世に生きた証がないように思えた。

翌日。突如、爆音が止んだ。

総裁が敵側と交渉を持って、五稜郭にいる負傷者を全員、湯の川へ避難させることになったという。避難させている間は、敵の爆撃が止むそうだ。

「俺は行かないぜ」と、春日が言った。

「俺もここにいる」と、八郎も頑張った。

「しかし、二人だけを特別扱いするというわけにはいかないではないか」

松平太郎は異議を唱えたという。

「伊庭くんが、それを希望しているなら聞こうじゃないか」

しかし榎本武揚は、すんなりと許してくれた。

「総裁は、伊庭八郎に甘い」という噂が立っていたが、春日の五稜郭残留を強く支持したのは大鳥圭介だという。

「よかったな、春日。ここにいられれば、せめて一緒に戦っている気分でいられるからな」

八郎が言った。

「ああ」

春日もホッとしたような声で答えた。

湯の川へ避難したところで、もう助からない。二人とも、もう寝ているだけで辛いのだ。それならせめて、ここにいたい。この城にいたい。


その夕刻あたりから、春日の意識が戻らなくなった。

銀之助が、声が嗄れるほど呼び続けているのだが目を開けない。八郎も何度か名前を呼んだが、無駄であった。春日が、その美しい顔で微笑むことはもうないのだと思えた。

銀之助は、榎本に湯の川へ避難するように言われたそうだが、聞き入れずに春日に付き添っていた。

「私は絶対に、父上の傍を離れない」

そう言い切る銀之助を、八郎は自分のことのように嬉しく感じていた。

「春日、お前の気持ちは無駄ではなかったぞ」と、春日が目を開けたら八郎は言ってやりたかった。

荒井郁之助と大鳥圭介が部屋を訪れた。

箱館共和国の海軍奉行と陸軍奉行である。八郎には、意外な取り合わせのように思えた。だが、二人は横浜の伝習所で寝食をともにした仲らしかった。

荒井が陸軍を離れた理由は分からないが、隠居していた中島三郎助を強引に開陽丸の機関長に据えた榎本だから、恐らく陸軍から無理矢理にでも引き抜いてきたのだろうと思えた。

「春日くんの意識は戻らないのか」

荒井が、八郎の枕辺に座った。荒井とゆっくり話すのは、これが初めてだった。

榎本と同じような口髭を生やした荒井は、戦争とは生涯無縁のような穏やかな男であった。銃を持つより、書物を手に佇んでいた方がずっと似合う学者風情だ。

それが今は、破けて汚れに傷んだ軍服を着て、戦い疲れた顔をしている。頭髪も乱れ、硝煙の煤が両頬にまだこびり付いていた。

「人見くんが負傷したらしいが、軽傷だそうだ。心配は要らないよ」

荒井は、命には別状ないそうだと言った。

「それは、よかった」

「子どもの頃、ひどく剣豪というものに憧れていてね。西洋砲術を学ぶために剣を置くまで、四年ほど練武館に通っていたことがあるのだ。私の家は、湯島にあってね。……だから、釜さんとは幼馴染なのだ」

荒井は、榎本のことを幼名で呼んだ。榎本の幼名は釜次郎という。

「そうですか」

荒井も、練武館の門人であったのだ。八郎が剣術に目覚め、道場に入り浸るようになるのと、荒井が剣を手放すのとがちょうど入れ替わりになってしまったようだ。

一度でいいから、荒井と立ち会ってみたかったと八郎は思った。剣には、誤魔化し切れない人柄が出る。どんなに取り繕っても本性が出てしまう。荒井がどんな剣を振るうのかを見てみたかった。

「釜さんがね。土方さんが六人いたら、この戦いに勝てたと言っている。私も、そう思うよ」

荒井は、陸軍奉行の大鳥がいるというのに構いもせずに言い切った。

「土方さんが、六人か」

八郎は呟いた。確かに、勝てたかもしれないと思った。

「ここで、最後の一戦になる。籠城作戦は、土方さんがずっと反対していたことだが、もはや仕方がない。最後の手段に踏み切るしかない」

「よろしく頼みます」

「ああ。死力を尽くすつもりだ」

荒井は静かに言った。ずっと、荒井はそうしてきたはずだ。海軍の中で、荒井が誰よりも頑張っていたことを八郎は知っている。まさに海軍奉行に相応しい男であった。そして、榎本の大事な懐刀でもあった。

「最後まで、一緒に戦おう」

荒井は、土方と同じことを言った。

「ありがとう」

八郎は荒井に礼を述べた。優しい男だと思った。そして、この男の武器は、この優しさなのだと分かった。そこに、彼のような人間がこの戦争に率先して加わった理由が納得できた。優しい人間は、自分のためには戦わない。そう考えれば、箱館共和国の兵士たちは、みな優しかった。

きっと、優しすぎたのだ。

大鳥が、いつになく黙りこくって、春日の枕元に神妙に座っていた。

「そろそろよいか」

荒井が大鳥を促した。

大鳥が、返事をする代わりにグシュと鼻を啜って立ち上がった。

「陸軍奉行は、元医者と元薬屋だ。だから負傷したとて、安心してよいぞ」と軽口を叩いていた男が、ずっと押し黙ったままであった。春日に詫びていたようにも見えた。

大鳥は、明石藩の医者の倅であった。大坂の適塾に学び、塾の主催者である緒方洪庵《おがたこうあん》に推挙されて幕臣になった。同じ塾にいた長州藩士の大村益次郎《おおむらますじろう》が、上野で彰義隊殲滅作戦を実行した張本人なのだそうだ。もちろん、箱館にも隊長として来ているらしい。

大鳥が、なかなか本腰が入らなかった理由は、案外そのへんにもあったようだ。

友と戦うのは、どんな気持ちがするものなのだろうかと八郎は思った。

いつの間にか、銀之助が、うとうとしているのが見えた。

では、今は夜半かと八郎は思った。

そっと、右手を伸ばしてみた。あと少しのところで春日に届かない。

「なあ、春日。俺も一緒に、地獄の門に張り付くよ。そして、人見が来たら、追い返そうぜ」

八郎は、春日の口調を真似て言ってみた。

春日は、美しい顔のままで微動もしなかった。

「俺も春日も、もう戦場には戻れないのだ」

八郎は、悔しさに身悶えていた。

だが、人見がいた。人見がやってくれると八郎は思った。人見なら大丈夫だ。

そして、人見が怪我を負っていたことを思い出す。

駄目だ。やはり、俺がやる。

八郎は、爆音が聞こえるたびに飛び起きた。枕元に置いた刀を右手に取り振りかざす。

敵前に駆け寄り、すかさず斬りつける。

「たあ」

敵は、八郎が振るった剣にバッサリと斬られて倒れた。勢い余った刀が岩を切り裂いた。

「やったぞ。ざまあみろ」

八郎は、敵の骸に向かって笑ってやった。

道場で鍛え抜いた剣の勘が戻っていた。床板を蹴って剣を振り下ろす。その息だ。心形刀流の呼吸である。

面白いほど敵を倒せた。練武館の麒麟児は今、剣を右手にして戦場を駆け回っていた。

しかし、それは八郎の夢であった。実際には、八郎は身動きすらできず、ただ唸っていただけなのだ。もう起き上がる力などどこにもなかった。しかし救いはあった。八郎には協力者がいたからだ。

春日に付き添っていた銀之助は、八郎が唸るたびに、こう囁いた。

「伊庭さん、今二人を斬りましたよ。やりましたね」

「伊庭さん。三人も斬り伏せました。凄いです」

身体が変色して生きながら腐ってきているのに、痛いとも、苦しいとも言わない。自分の運命を呪いもしない。そんな八郎に、銀之助は一心に声援を送っていたのだ。

父上も伊庭さんも凄い人だと銀之助は思っていた。

二人とも、もう助からないと分かっていた。だからせめて二人の最期を、しっかりとこの目に記憶したいと思った。銀之助にとって、大好きな二人であったからだ。

いと恋しく

五月十六日の朝。榎本武揚が部屋にやって来た。

「伊庭くん。今朝、千代ヶ岱陣屋が落ちたよ。中島隊が全滅したよ。ああ、もう土方くんも中島先生もいなくなってしまった」

榎本が八郎に言った。ひどく寂しそうに見えた。

「総裁。まだ俺がいますよ」

八郎は榎本に言ってやった。しかし八郎の言葉は、もう声にはならなかった。

「伊庭くん。私はここで死ぬことに決めたよ。五稜郭を枕にして一緒に死のう。きみは先に行って待っていてくれたまえ。私も後からすぐに行く。向こうで会おう。きみがここに来てくれた時は嬉しかった。本当に嬉しかった。ありがとう。礼を言うよ。ありがとう」

そう言ってから榎本は「すまなかった」と付け加えた。

「総裁。俺がいる」

八郎は、また榎本に言ってやった。

言葉にならないから右手を差し出した。

その八郎が差し出した右手に、榎本が一つの椀をぐっと握らせた。

そして「これを飲むと楽になるよ」と優しく言った。

八郎は、それが何か分かった。

医師が、春日の口に注ぎ込んでいるのが見えた。銀之助は、それを見ながら泣いていた。

これまでか。

悪夢はもう終わるのだな。

八郎は、それでよいと思った。

もういい。もういいのだ。

腹を掻っ捌く力は残っていないが、自分の手で自分の人生に幕引きができることを幸せに思った。

戦場で死んでいった多くの仲間たちの顔を思い浮かべた。俺が行ったら本山が喜ぶだろうと思った。

「冥途で、また会える」

そう思うと嬉しかった。

八郎は、一気に飲み干した。迷いはなかった。

モルヒネは無味無臭である。ザラザラとした舌触りとわずかな苦みが喉を伝わっていく。

安らかな気分であった。

なんだか、急に子どもに戻ったように、楽しいような可笑しいような気持ちになってきた。子どもの頃は、何でもないことが理由もなく楽しくて可笑しかった。

「ふふふ」

と、声に出して笑った。

何か楽しい気分だな。

思わず口元が緩んだ。

その耳に、雨の音が聞こえてきた。

「銃声でも爆音でもない。雨だな」と、八郎は思った。

雨は嫌いだと思う。

雨には悔しい思い出が甦るからだ。

それに、物悲しく、人恋しくなってしまう。

雨の日には、いつも思い出す歌があった。尺の塾で認めた、あの歌だ。

「雨の日は　いとど……」

八郎は、心の中で口ずさむ。

その時、流れるように、懐かしい人々の顔が次々に浮かんできた。

父と母、兄弟たち。養父母や従兄弟、親戚たち。門弟たち、尺夫婦、遊撃隊の仲間たち、

小稲、本山……。ああ。みんな。

「いとど……恋しく……」

それが、八郎の最期の意識であった。

伊庭八郎、二十六歳。

波乱の人生が幕を閉じた。

明治二年五月十八日。箱館共和国は応戦虚しく降伏した。明治新政府の記録によれば、徳川脱走賊榎本軍は千人になっていたそうだ。彼らの手で葬られた兵士以外は、山野や市街に見せしめのために、しばらく放置され続けたという。

降伏前に時間を止めた八郎は、土方歳三の隣に静かに眠っていると言い伝えられている。

了

ひとりごと（あとがきにかえて）

爆音が聞こえるたびに、布団を跳ね除けて起き上がった。

満身創痍、医師に再起不能を宣告され、身体の中に取り出せない銃弾が入ったまま、時には、武器を手にして立ち上がることさえあったともいわれる。

どうしてそれほどまでの闘志、憎しみが伊庭八郎の中にあったのだろうか。

彼が残した写真を見れば、テレビの中のアイドルそっくりの優しい面差し。戦争に関わることさえ無縁だと思わせるような美しい若者である。

それが片腕を失くしても、自力で箱館に渡り、隊長として戦い抜いたつわものなのである。何があっても挫けない、どこまでも強い男だ。

その八郎の遺品の一つに迷子札がある。そこには「伊庭軍兵衛の子」と記されている。ただそれだけを見れば、壮絶に戦い抜いた若者に対して、可愛らしくも微笑ましい印象を持ってしまう。だが、彼が二歳で養子に出された経緯を知っていれば、敵に恐れられた猛将が、その人生の最期のときまで、後生大事に持ち続けたという健気さに涙ぐまずにはいられない。

私が初めて伊庭八郎の名前を知ったのは、土方歳三の足跡を辿っていた時だ。江戸で行われたとある会合で知り合った二人は、すぐに意気投合し、それから八郎は頻繁に試衛館を訪れるようになった。時には、道場破りの助っ人をし、近藤周助に蕎麦を三枚振舞われたという。傍らには、いつも土方がいたそうだ。また、周助が得意の講談を開いた。二人が神妙に聞き入ったのには理由があって、ひとしきり語り終えた周助は、満足して、近藤勇に内緒だと言いながら、二人に小銭を握らせたという。そして八郎が試衛館を去ると、土方もいつの間にか道場から姿を消していたそうだ。二人は剣士仲間であり、岡場所仲間であったという文面を読んだ。

そういう下地があったせいか、箱館戦争終結後に、伊庭八郎の実弟が「八郎は土方歳三の横に眠っている」と明言されている記事を読み、さもあらんと納得した。きっとあの世でも二人で遊んでいるのだと思い、少しホッとした。

それから、八郎は榎本武揚とも特別に親しかった。八郎に付き従っていた料理人が働いていた店の主の話によれば、榎本と店主の娘は幼馴染で、八郎を交え、とても仲良くしていたそうだ。伊庭家と榎本家には、親戚同様の付き合いがあったということだ。

それなら、八郎が何をおいても一番に海軍と行動を共にしようと考えたことが素直に頷ける。榎本から一緒に箱館に行ってくれと頼まれ、片腕を失くしても、乗っていた船が沈没しても、箱館に行き着き戦った、彼の一途な行動にも合点がいくのだ。

榎本にしても、八郎は特別な存在であり、負傷した八郎を病院ではなく五稜郭で、しかも殿さまが使うための豪華な布団で養生させた。

終戦間際、八郎に毒をすすめた榎本は、（兵士に命懸けで止められたため未遂に終わってしまったが）その足ですぐに腹を切ろうとしている。

さて、今では蝦夷地を勝手に占拠し、不当に立て籠り、新政府軍に楯突いたテロリスト集団といわれてしまっている榎本軍だが、彼らは夫々の信念のもとに箱館に渡り、誰に命じられたわけでもなく自らの意志で、新政府軍と戦ったものだ。彼らは、妙な義理からではなく、まして頑なな意地でもなく、純粋な志を持ち、また強い絆を持っていた。

私事で恐縮なのだが、歴史から無情に消えていく彼らの足跡を形あるものに残したいと思い立ってから、ずいぶん年数が経ってしまった。しかし、ようやく、文芸社の井上氏、吉澤氏の協力を得てそれを実現できる運びとなった。私は命のある限り、彼ら三千人の足跡を書き残すことを自分の使命のように信じている。

その一人目として伊庭八郎を選んだのは「いの一番」だからではない。先にも記したが、八郎に生き写しの俳優がいて、画面の向こうから「まだか」と私に向かって言い続けるのだ。

歌って踊れる、その超人気俳優は、私にとっては常に八郎の面影に重なってしまう。

もし、この本が映像化される日があるなら、私は迷わず彼に、八郎と瓜二つである責任を取ってくれと頼みたい。

そして、八郎そっくりな顔をしている彼に、きっと言うのだ。

「英語塾に身を隠していた八郎は、英語が堪能であったはずだ。しかしこれは英語ではないから当然だが、アミーゴともセニョリータとも言ったことはなかっただろう。それから八郎は色白なのでシラサギだ」と。

さあ、八郎のそっくりさんが分かったでしょうか。

では、まだ二千九百九十九人の足跡を辿る作業がありますので、このへんでお開きとさせていただきます。

大塚　真櫻

著者プロフィール

大塚 真櫻（おおつか まお）

奈良市在住。芥川龍之介に憧れて小説を書きはじめる。
箱館戦争を戦った榎本軍の足跡を形あるものに残したいと志して四半世紀。
ようやく一人目が完成。あと残るは……。
ただ今、人工透析を受けながら奮戦中。
既刊本『殉愛』（文芸社　2014年）……徳川家光と柳生一族の話
『スプリングエフェメラル』（美月一沙名義　文芸社　2005年）
『ラストヒーロー　最後の武士』（吉井恵美子名義　郁朋社　2001年）

幕末《ばくまつ》の隻腕軍神《せきわんぐんしん》　伊庭八郎《いばはちろう》

2015年１月15日　初版第１刷発行

著　者　大塚 真櫻
発行者　瓜谷 綱延
発行所　株式会社文芸社
〒160-0022　東京都新宿区新宿1－10－1
電話　03-5369-3060（編集）
03-5369-2299（販売）

印刷所　広研印刷株式会社

ISBN978-4-286-15850-1